Retour au pays

Robin Hobb

Retour au pays

Traduit de l'américain
par Véronique David-Marescot

ÉDITIONS FRANCE LOISIRS

Titre original : *HOMECOMING*
L'édition originale est parue en 2004 aux États-Unis chez Del Rey, une marque de Random House, Inc., dans le volume intitulé *LEGENDS II : New Short Stories by the Masters of Modern Fantasy*.

Traduction du texte Bienvenue ! *: Irène Fernandez*

Édition du Club France Loisirs,
avec l'autorisation des Éditions Belfond.

Éditions France Loisirs,
123, boulevard de Grenelle, Paris
www.franceloisirs.com

ISBN 978-2-298-02263-6

Bienvenue !

Vous êtes sur le point de vous aventurer dans une histoire où je poursuis mon exploration du Désert des pluies, et des êtres et des créatures fascinants qui l'habitent. Si vous connaissez le cycle des Aventuriers de la mer, vous croirez peut-être que vous allez vous retrouver en territoire familier, mais il n'en est rien. Vous m'accompagnerez dans un passé bien antérieur à tout ce que vous savez actuellement du Désert des pluies. Et si vous n'avez lu aucun des livres du cycle, ne renoncez pas à la lecture de celui-ci : le récit se suffit à lui-même. J'espère que vous aurez autant de plaisir à le découvrir que j'en ai eu à l'écrire.

Dès que j'ai su lire, ou même été capable de rester tranquille assez longtemps pour écouter une histoire qu'on me lisait, j'ai eu une préférence pour un certain type de contes. J'ai toujours aimé les histoires de cités perdues, de chasses au trésor et de mystérieuses civilisations disparues à jamais. Et celles de naufragés aux prises avec les pires difficultés, qu'il s'agisse de Robinson Crusoé *ou de* L'Île mystérieuse *de Jules Verne. Je pense que beaucoup de lecteurs partagent ce goût. En pleine lecture, qui ne se surprend à se demander : « Qu'est-ce que je ferais dans les mêmes circonstances ? Réussirais-je aussi bien ? Prendrais-je les mêmes décisions ? Serais-je capable de survivre dans un désert ou de découvrir le trésor caché ? »*

Une des plus grandes satisfactions qu'il y a à écrire des livres, c'est que l'on peut créer des univers à son goût. Et c'est justement le cas avec Retour au pays. *J'avais très envie de retourner dans le Désert des pluies où se déroule* Les Aventuriers de la mer, *mais je voulais aussi remonter le cours de l'histoire, voir par moi-même comment les premiers colons avaient réussi à y survivre, et pourquoi ils avaient bien pu choisir une région aussi inhospitalière. Quand, dans un récit, je reviens visiter un monde où j'ai déjà séjourné, je pars à sa découverte, tout comme le lecteur qui marche sur mes traces. Dans un lieu inventé, rien n'est immuable avant que l'auteur n'ait emprunté tel ou tel chemin. Parfois, les choses que je découvre me surprennent autant que le lecteur. C'est là pour moi un des grands plaisirs de l'écriture.*

Retour au pays *m'a aussi donné l'occasion de créer le type de personnages que j'aime le plus. Les héros sages et courageux, d'une véritable force physique, combattants d'élite, beaux et séduisants : non merci, ce ne sont pas mes favoris. Je trouve les personnages imparfaits bien plus intéressants. Tant professionnellement que personnellement, je m'identifie plus aisément à un individu qui a des défauts et des faiblesses qu'à un héros conventionnel à qui il suffit d'être plus fort que ses ennemis pour vaincre. Quand j'étais petite, j'aimais spécialement les histoires où des enfants pas sages et désobéissants avaient besoin d'apprendre à mieux se conduire avant de connaître le succès. C'est peut-être parce que je n'étais moi-même ni sage ni obéissante. J'ai toujours la même préférence aujourd'hui pour des êtres qui doivent venir à bout de leur propre imperfection avant de remporter des triomphes sur une scène plus vaste. C'est pour une raison identique, je crois : un individu qui a des défauts est quelqu'un de semblable à moi. Et quand je lis ou que j'écris l'histoire d'un tel personnage, et que celui-ci finit par l'emporter, contre toute attente, il m'est peut-être un peu plus facile de croire que je peux gagner moi aussi mes combats quotidiens.*

Après tout, la littérature fantastique n'est-elle pas en bonne part une affaire de réalisation des désirs ?

J'espère que vous aimerez cette histoire qui vous mènera dans une région à la fois familière et nouvelle et que vous vous plairez en la compagnie de ses personnages.

Que peut demander de plus un auteur ?

Cordialement,

Robin Hobb

7e jour de la Lune du Poisson
L'an quatorze du règne du très auguste et magnifique Gouverneur Esclépius

Aujourd'hui, on m'a confisqué, sans motif, arbitrairement, cinq caisses et trois malles. Cela s'est passé durant le chargement du navire *Aventure* qui, à la noble initiative du Gouverneur Esclépius, se met en route pour établir une colonie sur les Rivages Maudits. Le contenu des caisses est le suivant : un bloc de splendide marbre blanc, propre à sculpter un buste, deux blocs de jade aarthien, propres à sculpter des bustes, un grand bloc de belle stéatite, de hauteur et largeur d'homme, cinq lingots de cuivre d'excellente qualité et trois barils de cire. Une caisse contenait une balance, des outils pour travailler le métal et la pierre, et des instruments de mesure. Le contenu des malles est le suivant : deux robes de soie, une bleue et une rose, confectionnées par la couturière Vista, marquées à son chiffre. Un coupon de tissu foulé vert. Deux châles, un en laine blanche, un en lin bleu. Plusieurs paires de bas d'hiver et d'été. Trois paires de mules, dont une en soie ornée de boutons de rose. Sept jupons, trois en soie, un en lin et trois en laine. Un corset, en os léger et en soie. Trois volumes de poésie, écrits de ma main. Une miniature de Soiji me représentant, moi, dame Carillon de Rochecarre, née Valjine, portrait commandé par ma mère, dame Arstone Valjine, à l'occasion de mon quatorzième anniversaire. S'y trouvaient en outre une layette et une literie de bébé, des vêtements de fillette de quatre ans et de deux garçons de six et dix ans, comprenant des costumes de cérémonie d'été et d'hiver.

Je consigne cette confiscation par écrit afin que les voleurs soient traduits en justice à mon retour à Jamaillia. Le vol s'est déroulé de la sorte : alors que notre navire était chargé et prêt à appareiller, la cargaison appartenant à des nobles à bord des vaisseaux fut retenue à quai. Le capitaine Triops nous a informés que nos biens seraient conservés jusqu'à nouvel ordre sous la garde du Gouverneur. Je n'ai pas confiance en cet homme, car il ne nous montre, à mon époux et à moi-même, aucun respect. C'est pourquoi je note ceci et quand je reviendrai à Jamaillia, au printemps prochain, mon père, sire Crion Valjine, portera ma plainte devant la Cour de Justice du Gouverneur, puisque mon époux semble peu disposé à s'en charger. Sur ma foi !

Dame Carillon Valjine Rochecarre

10ᵉ jour de la Lune du Poisson L'an quatorze du règne du très auguste et magnifique Gouverneur Esclépius

Les conditions de vie à bord sont intolérables. Une fois encore, je prends la plume pour consigner privations et injustices, afin que les responsables soient châtiés. Bien que je sois de haute naissance, de la maison Valjine, et que mon époux soit non seulement noble mais de surcroît héritier du titre de sire Rochecarre, les logements qu'on nous a attribués ne sont pas meilleurs que ceux alloués aux simples émigrants et aux spéculateurs, c'est-à-dire un espace malodorant en cale. Seuls les vulgaires criminels, enchaînés à fond de cale, pâtissent davantage que nous.

Le plancher est de bois raboteux, les cloisons réduites aux vaigres nues de la coque. Il apparaît clairement que les rats ont été les derniers occupants de cet endroit. Nous sommes traités comme du bétail. Ma servante ne dispose pas de logement isolé, je suis donc obligée de souffrir qu'elle dorme quasiment à nos côtés ! Pour soustraire mes enfants à la marmaille des émigrants, j'ai dû ménager une séparation en sacrifiant trois tentures de damas. Ces gens ne me témoignent aucun respect. Je crois qu'ils pillent nos provisions en cachette. Quand ils se moquent de moi, mon époux m'ordonne de ne pas leur prêter attention. Ce qui a produit un effet désastreux sur l'attitude de ma servante, qui fait aussi office de bonne d'enfant, étant donné notre domesticité réduite. Ce matin, elle s'est adressée presque rudement au jeune Petrus, lui commandant de se taire et de cesser ses questions. Quand je lui en ai fait reproche, elle a osé hausser le sourcil.

Ma sortie sur le pont a été vaine. Il est encombré de cordages, de toile et d'hommes grossiers, et on n'a prévu aucune disposition afin que les femmes et les enfants puissent prendre l'air. La vue était monotone ; la mer avec, au loin, des îles brumeuses. Je n'y ai trouvé aucun réconfort tandis que ce détestable vaisseau m'emporte toujours plus loin des hautes flèches blanches de Jamaillia la Bienheureuse, consacrée à Sâ.

Je n'ai pas d'amis à bord pour me divertir ou me donner courage dans ma grossesse. Dame

Duparge m'a rendu visite une fois, et je me suis montrée polie, mais la différence de nos positions rend la conversation difficile. Sire Duparge ne possède guère que son titre, deux navires et une propriété en bordure du marais Gerfen. Dames Crifton et Anxory semblent se satisfaire de leur mutuelle compagnie et ne sont ni l'une ni l'autre venues me voir. Elles sont trop jeunes pour être des femmes accomplies, néanmoins leurs mères auraient dû les instruire de leurs devoirs à l'égard des personnes d'un rang plus élevé. Elles auraient pu tirer profit de mon amitié à notre retour à Jamaillia. Qu'elles n'aient pas jugé utile de solliciter mes bonnes grâces ne plaide guère en faveur de leur intelligence. Il ne fait aucun doute qu'elles m'ennuieraient.

Je me sens malheureuse dans ce cadre sordide. Pourquoi mon époux a-t-il décidé de mettre temps et argent dans cette entreprise ? Ses raisons m'échappent. Il est certainement des hommes de plus intrépide nature qui eussent mieux servi notre illustre Gouverneur dans cette expédition. Non plus que je ne comprends pourquoi mes enfants et moi-même avons été contraints de l'accompagner, surtout dans mon état. Je ne crois pas que mon mari ait songé le moins du monde aux difficultés que présenterait ce voyage pour une femme enceinte. Comme toujours, il a estimé superflu d'en discuter avec moi ; au reste, je ne le consulte pas non plus au sujet de mes activités artistiques. Pourtant, je dois sacrifier mes ambitions aux siennes ! Mon absence retardera considérablement l'achèvement du *Carillon suspendu de pierre et de métal*. Le frère du Gouverneur sera fort déçu car mon œuvre devait être mise en place en l'honneur de son treizième anniversaire.

15e jour de la Lune du Poisson
L'an quatorze du règne du très auguste et magnifique Gouverneur Esclépius

J'ai été bien sotte. Non. J'ai été trompée. Ce n'est pas sottise que faire confiance quand on a toutes les raisons de compter sur la loyauté de quelqu'un. Lorsque mon père a confié ma main et mon destin à sire Jathan Rochecarre qu'il tenait pour un homme fortuné, solide et honorable, il a béni Sâ d'avoir permis que mes talents artistiques aient attiré un prétendant de si grande réputation. Quand j'ai déploré le sort qui me liait à un homme beaucoup plus âgé que moi, ma mère m'a conseillé d'accepter, de persévérer dans mon art et de m'acquérir un renom sous la protection de son influence. Au cours de ces dix dernières années, alors que ma jeunesse et ma beauté se fanaient dans son ombre, je lui ai donné trois enfants et je porte dans mon sein la promesse d'un quatrième. Pour lui, j'ai été un ornement et une bénédiction, néanmoins, il m'a trompée. Quand je songe aux heures passées à m'occuper de son foyer, des heures que j'aurais pu consacrer à mon art, je bous de colère et d'amertume.

Aujourd'hui, j'ai d'abord imploré puis, douloureusement consciente de mes devoirs à l'égard des enfants, j'ai exigé qu'il contraigne le capitaine à nous loger plus décemment. Après avoir envoyé les petits sur le pont avec leur bonne, Jathan a avoué que nous n'étions pas les colons volontaires du Gouverneur mais des exilés auxquels on avait concédé la chance de fuir la disgrâce. Tout ce que nous avons laissé derrière nous, propriétés, maisons, biens précieux, chevaux, bétail... tout est confisqué par le Gouverneur, de même que les objets saisis au moment de notre embarquement. Mon distingué et respectable époux est un traître à notre noble et bien-aimé Gouverneur, il a conspiré contre le Trône béni de Sâ.

Je lui ai arraché cet aveu, par bribes. Il répétait que je ne devais pas me mêler de politique, que l'affaire le regardait lui, et lui seul. La femme doit s'en remettre à son mari. À l'en croire, quand les navires réapprovisionneront notre colonie au printemps prochain, il aura restauré notre fortune et nous reprendrons notre place dans la société jamaillienne. Mais, en sotte femme que je suis, je l'ai pressé de questions. Toutes nos tenures confisquées ? Toutes ? Cela, selon lui, afin de sauvegarder le nom de Rochecarre, de sorte que ses parents et son frère cadet pussent vivre dignement, sans être éclaboussés par le scandale. Il reste à son frère une petite propriété. À la cour on croira que Jathan Rochecarre a décidé de placer toute sa fortune dans l'entreprise du Gouverneur. Seuls les intimes du souverain savent qu'il s'agit d'une confiscation. Pour obtenir cette concession, Jathan a supplié des heures entières à genoux en s'humiliant, en implorant le pardon.

Il s'est longuement étendu sur le sujet, comme si cela eût dû me faire impression ! Mais je n'ai cure de ses genoux ! « Qu'en est-il de Vire-Chardon ? De la maisonnette près du gué et des revenus ? » Je mentionnai cela car la propriété faisait partie de ma dot et, si modeste fût-elle, j'entendais la transmettre à Narissa lors de son mariage.

« Disparue, a-t-il dit. Tout a disparu.

— Mais pourquoi ? ai-je insisté. Je n'ai pas conspiré contre le Gouverneur, moi. Pourquoi suis-je punie ? »

Courroucé, il a rétorqué que j'étais sa femme et que je devais naturellement partager son sort. En quel honneur, il n'a pas su l'expliquer et a fini par déclarer qu'une femme aussi sotte ne comprendrait jamais rien, il m'a ordonné de tenir ma langue et d'éviter de montrer mon ignorance. J'ai protesté, alors, que je n'étais pas une sotte mais une artiste réputée, il a riposté que j'étais à présent une femme de colon, et que je devais me sortir de la tête toute prétention artistique.

Je me suis retenue de crier en me mordant la langue. Mais, en mon for intérieur, j'enrageais devant cette injustice. Vire-Chardon où, avec mes petites sœurs, nous pataugions dans l'eau, cueillions des lis en jouant aux déesses avec nos sceptres blanc et or... disparue à cause de l'inepte forfaiture de Jathan Rochecarre.

J'avais entendu des rumeurs concernant un complot contre le Gouverneur. Je n'y avais pas prêté attention. Je n'avais pas pensé que ces bruits pussent avoir avec moi un rapport quelconque. J'estimerais juste le châtiment si mes enfants innocents et moi-même n'étions pris dans les mêmes rets qui ont capturé les conspirateurs. Tous les biens confisqués ont financé cette expédition. Les nobles en disgrâce ont été contraints de s'affilier à une troupe de spéculateurs et d'explorateurs. Pis, les criminels bannis dans la cale, les voleurs, les gueuses et les marlous seront libérés et se joindront à notre compagnie quand nous débarquerons. Telle sera la société qui environnera mes enfants d'âge tendre.

Notre bienheureux Gouverneur nous a généreusement accordé une chance de nous racheter. Notre magnifique et très magnanime Gouverneur a octroyé à chacun deux cents leffères de terre sur les rives du fleuve du désert des Pluies qui constitue la frontière nous séparant des barbares chalcédiens, ou le long des Rivages Maudits. Il nous ordonne d'établir notre première colonie sur le fleuve du désert des Pluies. Le choix de cet emplacement lui a été inspiré par les antiques légendes sur les Anciens Rois et leurs Reines Courtisanes. Jadis, dit-on, leurs merveilleuses cités bordaient le fleuve. Ils se poudraient d'or et portaient des gemmes au-dessus des yeux. Si l'on en croit les légendes. Jathan a prétendu qu'un ancien manuscrit indiquant les lieux de peuplement a été traduit récemment. Je suis sceptique.

En échange de l'opportunité qui nous est offerte de refaire fortune et de racheter notre réputation, notre glorieux Gouverneur Esclépius ne réclame que la moitié de ce que nous trouverons ou produirons ici. En retour, il étendra sur nous son bras protecteur, on dira des prières pour nous et, deux fois l'an, ses navires chargés du recouvrement des impôts visiteront notre colonie pour s'assurer que nous prospérons. Une charte pour notre compagnie, signée de sa main, nous le garantit.

Sires Anxory, Crifton et Duparge subissent la même disgrâce bien que, de plus petite noblesse, ils aient chu de moins haut. Il y a d'autres seigneurs à bord des deux autres vaisseaux de notre flottille mais aucun que je connaisse bien. Je me réjouis que mes chers amis ne partagent pas mon sort ; pourtant, je déplore d'entrer seule en exil. Je ne compte guère sur mon mari pour me réconforter dans le désastre qu'il a provoqué. Rien n'est tenu longtemps secret, à la cour. Est-ce pour cela qu'aucun de mes proches n'est venu me dire adieu sur le quai ?

Ma mère et mes sœurs n'avaient guère de temps à consacrer à mes malles ni aux adieux. Elles ont pleuré quand elles m'ont dit au revoir à la maison paternelle mais ne m'ont même pas accompagnée jusqu'aux quais infects où le navire de la proscription m'attendait. Ô Sâ ! pourquoi ne m'ont-elles pas révélé la vérité ?

À cette pensée, j'ai été saisie d'une crise de larmes et de frissons, j'ai poussé des cris malgré moi. Encore maintenant, mes mains tremblent si violemment que ce griffonnage désespéré dévie sur la page. J'ai tout perdu, mon foyer, mes parents aimants et plus encore : cet art qui fut la joie de ma vie. Les œuvres que j'ai laissées derrière moi resteront inachevées et cela m'afflige autant que si j'avais accouché d'un enfant mort-né. Je ne vis que pour le jour où je cinglerai vers la belle Jamaillia. Alors – pardonne-moi, Sâ ! – j'espère que ce sera en qualité de veuve. Jamais je ne pardonnerai à Jathan Rochecarre. Ma bile s'échauffe à l'idée que mes enfants doivent porter le nom de ce traître.

24e jour de la Lune du Poisson L'an quatorze du règne du très auguste et magnifique Gouverneur Esclépius

Mon âme est enténébrée ; ce voyage vers une terre d'exil a duré une éternité. L'homme que je suis forcée d'appeler mon époux m'ordonne de mieux m'occuper de notre maisonnée mais j'ai à peine l'énergie de prendre la plume. Les enfants pleurent, se disputent et se plaignent sans cesse, et ma servante ne fait aucun effort pour les distraire. Son arrogance croît de jour en jour. Si j'en avais la force, je lui ferais passer d'un soufflet cette mine irrespectueuse et rechignée. Au mépris de ma grossesse, elle laisse les enfants me tourmenter et réclamer mon attention. On sait bien qu'une femme dans mon état devrait jouir de tranquillité. Hier après-midi, quand j'essayais de me reposer, elle a laissé les enfants faire la sieste à mes côtés tandis qu'elle allait baguenauder avec un simple matelot. Narissa m'a réveillée en pleurant, j'ai dû me lever et lui chanter une chanson jusqu'à ce qu'elle se calme. Elle se plaint d'avoir mal au ventre et à la gorge. À peine s'était-elle apaisée que Petrus et Carlmin se sont réveillés à leur tour et ont commencé à se bagarrer, ce qui m'a complètement débilitée. J'étais à bout de forces et au bord de la crise de nerfs au retour de la bonne. Quand je lui ai reproché de négliger son service, elle a répondu avec effronterie que sa propre mère avait élevé neuf enfants sans servante pour l'aider. Comme si je n'avais pour ambition que de m'illustrer dans ces tâches triviales ! Eussé-je quelqu'un pour la remplacer, je l'enverrais sur-le-champ faire ses paquets.

Et où donc se trouve sire Rochecarre, pendant ce temps ? Ma foi, il est dehors, sur le pont, à palabrer avec ces mêmes nobles qui l'ont entraîné dans la disgrâce.

La pitance est pire que jamais et l'eau a un goût infect mais notre couard de capitaine ne veut pas relâcher sur la côte pour s'avitailler en eau douce. D'après ma servante, qui le tient de son matelot, les Rivages Maudits portent bien leur nom et les maux s'abattent sur ceux qui débarquent ici aussi sûrement qu'ils se sont abattus sur ceux qui y vivaient jadis. Comment le capitaine Triops peut-il croire à ces superstitions ineptes ?

27e jour de la Lune du Poisson L'an quatorze du règne du très auguste et magnifique Gouverneur Esclépius

Nous sommes battus par la tempête. Le navire empeste le vomi des misérables qui peuplent ses entrailles. Le roulis perpétuel remue l'eau croupie de la sentine, nous forçant ainsi à en respirer les puanteurs. Le capitaine nous interdit le pont. L'air ici est humide, épais, l'eau dégoutte des baux. Assurément, je suis morte et passée dans un au-delà impie où je subis mon châtiment.

Pourtant, avec toute cette humidité, nous avons à peine de quoi boire, et ne pouvons nous laver. Les vêtements et les draps souillés doivent être rincés à l'eau de mer, ce qui les empèse et les macule de sel. La petite Narissa est la plus malheureuse : ses vomissements ont cessé mais elle n'a quasiment pas bougé sur sa paillasse, aujourd'hui, pauvre chérie. Je t'en prie, Sâ, fais cesser cet affreux ballottement, ce méchant clapot.

29e jour de la Lune du Poisson
L'an quatorze du règne du très auguste et magnifique Gouverneur Esclépius

Mon enfant est morte. Narissa, ma fille unique, est partie. Sâ, aie pitié de moi, et que le bras de ta justice retombe sur le félon sire Rochecarre car son forfait a été cause de tout mon malheur ! On a enveloppé ma petite fille dans la toile et on l'a mise à la mer avec deux autres, à peine si les matelots y ont prêté attention et ont interrompu leurs tâches. Je crois avoir un peu perdu l'esprit, alors. Sire Rochecarre m'a prise dans ses bras quand j'ai voulu la rejoindre dans les flots. Je me suis débattue mais je n'étais pas de force. Je reste prise au piège, dans cette vie que sa forfaiture m'a condamnée à subir.

7e jour de la Lune du Chariot
L'an quatorze du règne du très auguste et magnifique Gouverneur Esclépius

Mon enfant est toujours morte. Ah, quelle ineptie j'écris là ! Cependant, sa mort me paraît impossible. Narissa, Narissa, tu ne peux être partie à jamais. Il s'agit assurément d'un rêve monstrueux dont je vais bientôt m'éveiller.

Aujourd'hui, parce que je pleurais, mon mari a poussé ce livre vers moi en disant : « Écris un poème pour te consoler. Réfugie-toi dans ton art jusqu'à ce que tu te sentes mieux. Fais ce que tu veux, mais cesse de pleurer ! » Comme s'il offrait une sucette à un marmot qui piaille. Comme si l'art vous soustrayait à la vie alors qu'il vous y plonge, tête la première ! Jathan me reproche mon chagrin, en prétextant que les manifestations inconsidérées de mon deuil affolent nos fils et mettent en danger le bébé dans mon sein. Comme s'il s'en préoccupait !

S'il s'était soucié de nous, comme époux et père, il n'aurait jamais trahi notre cher Gouverneur, et ne nous aurait pas condamnés à ce sort.

Mais, pour qu'il cesse de faire la grimace, je vais demeurer ici à écrire un moment, comme une brave petite épouse.

Une bonne dizaine de passagers et deux hommes d'équipage sont morts de dysenterie. Sur les cent seize présents au départ, il n'en reste plus que quatre-vingt-douze. Le temps s'est calmé mais le chaud soleil sur le pont ne fait que bafouer ma douleur. Une brume flotte sur la mer au loin et, à l'ouest, les montagnes fument.

18e jour de la Lune du Chariot L'an quatorze du règne du très auguste et magnifique Gouverneur Esclépius

Je n'ai pas le cœur à écrire, mais que faire d'autre pour tromper ma lassitude et m'occuper l'esprit ? Moi qui autrefois composais une prose des plus spirituelles, des poèmes de la plus grande élévation, j'arrive péniblement à remplir une page.

Il y a quelques jours, nous avons atteint l'embouchure du fleuve ; je n'ai pas noté la date, si lourde était ma tristesse. Tous les hommes ont poussé des hourras. Certains se sont mis à parler d'or, d'autres ont évoqué des cités légendaires à piller, d'autres encore les bois vierges et les terres fertiles qui nous attendaient. J'ai cru à tort que ce repère signalait le terme de notre voyage qui s'éternise.

D'abord, le flux nous a aidés à remonter le fleuve. À présent, l'équipage doit souquer ferme pour que nous puissions avancer d'une longueur.

On a désenchaîné les prisonniers pour les faire ramer dans de petites embarcations. Ils nagent en amont, jettent l'ancre et nous halent à contre-courant. La nuit, au mouillage, nous entendons les coups d'eau et les cris des animaux invisibles dans la jungle. Chaque jour, le paysage devient à la fois plus fantastique et menaçant. Sur les rives, les arbres se dressent, deux fois plus hauts que notre mât, et ceux qu'on aperçoit derrière sont plus grands encore. Quand le fleuve se rétrécit, ils projettent sur nous une ombre épaisse. On ne distingue qu'un impénétrable rideau de verdure. Notre quête d'un rivage clément semble pure folie. Je ne décèle nul signe de vie humaine ici. Il y a des oiseaux multicolores, de gros lézards qui se chauffent au soleil sur les racines des arbres, au bord de l'eau, et quelque chose qui ulule et détale jusqu'au faîte des arbres. Point de douces prairies, point de rives fermes, seulement des berges bourbeuses et une végétation luxuriante. Enguirlandés de lianes traînant au fil des eaux laiteuses, les arbres immenses trempent dans le fleuve leurs racines-échasses. Certaines de ces plantes volubiles portent des fleurs blanches, épaisses et charnues qui luisent dans la nuit, et le vent nous apporte leurs suaves et voluptueuses exhalaisons. Des insectes nous tourmentent par leurs piqûres et les rameurs sont affligés d'éruptions cutanées douloureuses. L'eau du fleuve n'est pas potable ; pis, elle ronge le bois et la chair, amollit les avirons et ulcère la peau. Si on la laisse reposer dans un récipient, la surface devient douce mais le résidu corrode rapidement le seau. Ceux qui en boivent se plaignent de maux de tête et de rêves délirants. Un criminel s'est mis à divaguer sur de « beaux serpents » et s'est jeté par-dessus bord. Deux matelots ont été confinés à fond de cale, enchaînés, à cause de leurs propos extravagants.

Je ne vois pas de terme à cet affreux voyage. Nous avons perdu de vue les deux navires qui naviguaient de conserve. Le capitaine Triops est censé nous laisser en un lieu sûr offrant des possibilités d'installation et de culture. Chaque jour qui passe, l'espoir s'amenuise de découvrir prairies ensoleillées et douces collines. Le capitaine dit que cette eau endommage la coque de son navire. Il souhaite nous débarquer dans les marais, prétextant que les arbres peuvent cacher des terres plus hautes et des étendues boisées. Nos hommes protestent et déroulent souvent la charte du Gouverneur en rappelant ce qui nous a été promis. Triops réplique en montrant les consignes qui lui ont été remises. Le document mentionne des points de repère inexistants, des chenaux prétendument navigables, qui sont en réalité peu profonds et hérissés de rochers, et des cités chimériques où seule rampe la jungle. Ce sont les prêtres de Sâ qui ont fait cette traduction, ils ne sauraient mentir. Mais manifestement, il y a erreur.

Le navire tout entier broie du noir. Les querelles sont fréquentes, l'équipage murmure contre le capitaine. Je suis affligée d'une terrible nervosité, et les larmes ne sont jamais loin. Petrus souffre de cauchemars et Carlmin, qui a toujours été un enfant renfermé, est devenu presque muet.

Ô, belle Jamaillia, cité de ma naissance, reverrai-je jamais tes collines onduleuses et tes flèches gracieuses ? Mère, Père, me pleurez-vous comme si vous m'aviez perdue à jamais ?

Et ce gros pâté est dû à Petrus qui m'a bousculée pour grimper sur mes genoux, en se plaignant qu'il s'ennuie. Ma servante n'est propre à rien. Elle ne fait pas grand-chose pour mériter le pain qu'elle dévore, puis elle s'éclipse furtivement, pour traîner sur le navire comme une chatte en chaleur. Hier, je l'ai avertie que si elle tombait enceinte, je la congédierais sur-le-champ. Elle a osé rétorquer qu'elle ne s'en souciait guère car ses jours à mon service étaient comptés. La sotte oublie-t-elle qu'elle nous doit encore cinq ans ?

22e jour de la Lune du Chariot
L'an quatorze du règne du très auguste et magnifique Gouverneur Esclépius

Il est advenu ce que je redoutais. Je suis accroupie sur un gros genou de racines, avec le coffre de mes maigres effets en guise d'écritoire. L'arbre dans mon dos a la circonférence d'une tour. Des racines noueuses, enchevêtrées, certaines de la grosseur d'un baril, l'ancrent dans le sol marécageux. Je suis perchée dessus pour protéger mes jupes de la terre humide et herbue. Au moins, sur le navire, au mitan du fleuve, nous jouissions de la lumière du soleil. Ici, le feuillage nous couvre d'une ombre crépusculaire et perpétuelle.

Le capitaine Triops nous a abandonnés ici, dans le marais. Il a prétendu que son navire prenait l'eau et qu'il n'avait d'autre choix que de délester et de fuir ce fleuve aux eaux corrosives. Quand nous avons refusé de débarquer, l'équipage nous a expulsés de force. Après que l'un de nos hommes fut jeté par-dessus bord et emporté par le courant, nos velléités de résistance se sont dissipées. Ils ont gardé les vivres qui devaient nous revenir. L'un des nôtres s'est emparé vivement de la cage des oiseaux voyageurs et s'est battu pour la garder. Dans la mêlée, la cage s'est brisée, les oiseaux se sont envolés et ont disparu. L'équipage nous a lancé des caisses d'outils, de graines et les provisions qui étaient supposées nous servir à établir notre colonie. Ils ne l'ont fait que pour délester le navire, nullement pour nous venir en aide. Beaucoup de choses sont tombées dans l'eau, hors de notre portée. Les hommes ont sauvé ce qu'ils ont pu des caisses qui avaient atterri sur les berges molles. La bourbe a englouti le reste. À présent, nous sommes soixante-douze âmes dans cet endroit désolé, dont quarante hommes valides.

Les grands arbres nous dominent. La terre tremble sous nos pieds comme la croûte d'un gâteau et là où les hommes l'ont foulée en allant rassembler nos affaires, l'eau s'infiltre et noie les empreintes de leurs pas.

Le courant a rapidement emporté hors de notre vue le navire et son capitaine sans foi.

Certains disent que nous devons rester où nous sommes, à proximité du fleuve, pour guetter les deux autres vaisseaux, qui viendraient certainement à notre secours. Je crois, moi, que nous devrions pénétrer plus avant dans la forêt pour chercher la terre ferme et nous délivrer de la morsure des insectes. Mais je suis une femme et n'ai pas mon mot à dire. Les hommes tiennent conseil à l'heure qu'il est pour nommer un chef. Jathan Rochecarre s'est mis en avant, arguant de la haute noblesse de sa naissance, mais il a été hué par les autres, anciens prisonniers, marchands et spéculateurs, qui ont déclaré que le nom de son père était sans valeur ici. Ils se sont ri de lui car tout le monde semble au courant de notre disgrâce « secrète » à Jamaillia. Je me suis éloignée, remplie d'amertume.

Ma situation personnelle est désespérée. Ma propre à rien de servante n'a pas quitté le navire avec nous, elle est restée à bord, comme fille à matelots. Je lui souhaite tout ce qu'elle mérite ! Désormais, Petrus et Carlmin s'accrochent à moi, se plaignant que leurs souliers sont trempés et que les pieds leur cuisent à cause de l'humidité. J'ignore quand j'aurai un moment de répit. Je maudis l'artiste en moi car, lorsque je lève les yeux vers le rayon de soleil oblique qui perce l'entrelacs de branches et de feuilles, je vois dans cet endroit une sauvage et redoutable beauté. Si je m'y abandonnais, je crains bien qu'elle soit aussi séduisante que le regard impudent d'un voyou.

J'ignore d'où me viennent ces pensées. J'ai seulement envie de rentrer chez moi.

Quelque part, sur les feuilles au-dessus de nous, il pleut.

24e jour de la Lune du Chariot
L'an quatorze du règne du très auguste et magnifique Gouverneur Esclépius

J'ai été réveillée en sursaut avant l'aube par un rêve saisissant de réalité : c'était une fête dans les rues d'une ville étrangère. On aurait dit que la terre faisait des bonds de côté sous nos pieds. Puis, alors que le soleil était déjà haut dans un ciel invisible, nous avons senti le sol trembler de nouveau. La secousse a traversé le désert des Pluies comme une vague. J'ai déjà connu des séismes mais, dans cette région glacée, le tremblement paraissait plus violent, plus menaçant. Il est facile d'imaginer que cette bourbe peut nous engloutir telle une carpe jaune qui gobe une miette de pain.

Nous avons beau avancer lentement, péniblement à l'intérieur des terres, le terrain demeure mou et traître sous nos pas.

Aujourd'hui, je suis tombée nez à nez avec un serpent qui pendait d'un enchevêtrement de feuillages. Je fus à la fois saisie de terreur et frappée par sa beauté. Avec quelle aisance a-t-il interrompu son examen attentif de ma personne pour poursuivre son voyage parmi les branches entrelacées ! Si seulement je pouvais traverser ce pays avec la même aisance !

27e jour de la Lune du Chariot L'an quatorze du règne du très auguste et magnifique Gouverneur Esclépius

J'écris perchée dans un arbre comme l'un de ces perroquets au plumage vivement coloré qui partagent ma branche. Je me sens tout ensemble ridicule et exaltée, malgré la faim, la soif et une grande lassitude. Peut-être est-ce l'inanition qui me monte à la tête.

Durant cinq jours, en nous éloignant du fleuve, nous avons cheminé péniblement sur un sol mou, à travers d'épaisses broussailles, en quête de terre sèche. Certains, dans notre groupe, ont protesté en avançant que, quand le navire promis arriverait au printemps, il ne pourrait pas nous retrouver. J'ai tenu ma langue mais je doute qu'aucun navire remonte jamais le fleuve.

Notre progression à l'intérieur n'a pas amélioré notre sort. Le sol reste incertain et tourbeux.

Après notre passage, nous laissons derrière nous un sentier de boue et d'eau stagnante. L'humidité nous échauffe les pieds, gâte le tissu de ma jupe. Les femmes cheminent, le bas des robes tout crotté.

Nous avons abandonné ce que nous ne pouvions porter. Chacun d'entre nous, homme, femme, enfant, est chargé autant qu'il est possible. Les petits peinent. Je sens l'enfant dans mon sein se faire plus lourd à chaque pas aspiré par le sol spongieux.

Les hommes ont formé un Conseil, pour prendre des décisions. Chacun a le droit de voter. Je considère ce déni de l'ordre naturel comme dangereux, pourtant les nobles déchus n'ont aucun moyen de revendiquer leur prééminence. Jathan m'a dit, quand nous avons été seuls, qu'il valait mieux laisser faire car la compagnie ne tarderait pas à se rendre compte que les paysans, les tire-laine et les aventuriers ne sont pas aptes à commander. Pour l'heure, nous nous plions à leurs règles. Le Conseil a rassemblé les vivres qui s'amenuisent pour les mettre en commun. Nous recevons une ration chaque jour. Le Conseil a décrété que tous les hommes devaient se partager également le travail. Ainsi Jathan doit-il effectuer un quart de nuit avec ses compagnons comme un simple soldat. Les hommes montent la garde deux par deux, car une sentinelle isolée est plus encline à s'abandonner à l'étrange folie qui se tapit dans ces lieux. Nous en parlons peu mais nous faisons tous des rêves singuliers et certains de nos compagnons paraissent divaguer. Les hommes imputent cet égarement à l'eau. On parle d'envoyer des éclaireurs en quête d'un emplacement convenable pour établir au sec notre colonie.

Je n'ai pas foi dans leurs plans intrépides. Ce pays sauvage n'a que faire de nos règles et de notre Conseil.

Nous n'avons pas trouvé grand-chose ici pour assurer notre subsistance. La végétation nous est inconnue et la faune que nous avons aperçue vit dans les plus hautes branches. Pourtant, cette luxuriance inextricable recèle pour qui sait la voir une réelle beauté. Le soleil qui filtre à travers le dais des branches baigne d'une lumière tamisée, mouchetée, les draperies duveteuses des mousses qui pendent des lianes. Tantôt je les maudis en me débattant dans leurs rets, tantôt je les admire telle une dentelle d'un vert sombre. Hier, malgré ma lassitude et l'impatience de Jathan, j'ai fait halte pour contempler avec ravissement une liane fleurie. En l'examinant, j'ai remarqué que chaque fleur en forme de trompette retenait en son cœur un peu d'eau de pluie, édulcorée par le nectar. Sâ me pardonne, mes enfants et moi avons bu à satiété avant que je ne fasse part aux autres de ma découverte. Nous avons aussi trouvé des champignons qui poussent en gradins sur les troncs, et une plante grimpante à baies rouges. Cela ne suffit pas.

C'est grâce à moi que nous dormons au sec ce soir. Je redoutais une nouvelle nuit sur le sol gorgé d'eau, je craignais de me réveiller trempée, irritée par les démangeaisons ou pelotonnée sur nos affaires qui s'enfoncent lentement dans le bourbier. Ce soir, alors que les ombres commençaient à s'épaissir, j'ai remarqué des nids d'oiseaux suspendus comme des bourses aux ramures. Je suis bien placée pour savoir avec quelle agilité Petrus peut escalader les meubles et même grimper aux rideaux ! Après avoir choisi un arbre muni de branches solides presque au même niveau, j'ai lancé à mon fils un défi : serait-il capable de les atteindre ? Il s'est accroché aux lianes qui pendaient tandis que ses petits pieds cherchaient prise sur l'écorce rugueuse. Bientôt, il était assis au-dessus de nous sur une très grosse branche et balançait ses jambes en riant de nous voir le contempler.

J'ai demandé à Jathan de grimper à la suite de son fils en prenant avec lui les tentures de damas que j'avais portées jusqu'ici. Les autres ne tardèrent pas à deviner mon idée. Des courroies de toute sorte sont suspendues maintenant comme des fruits bigarrés dans les frondes denses. Certains dorment sur les branches les plus larges, d'autres au creux des fourches, d'autres dans des hamacs. Le repos est précaire mais nous sommes au sec.

Tout le monde m'a félicitée. « Ma femme a toujours été astucieuse », a déclaré Jathan, comme s'il s'en attribuait le mérite, et je lui ai rappelé : « J'ai un nom à moi. Je m'appelais Carillon Valjine bien avant de devenir dame Rochecarre ! Certaines de mes œuvres les plus fameuses, *Vasques en suspension* et *Lanternes flottantes*, ont exigé pour leur réalisation une science analogue de l'équilibre et des supports. La différence tient dans l'échelle, non dans les accessoires. » À ces mots, plusieurs femmes de notre groupe ont eu le souffle coupé, jugeant que je me vantais, mais dame Duparge s'est exclamée : « Elle a raison ! J'ai toujours admiré le travail de dame Rochecarre. »

Alors un homme grossier a eu l'audace d'ajouter : « Elle sera tout aussi astucieuse comme femme de marchand, car ici il n'y a pas de sire ni de dame qui tiennent. »

Cette réflexion m'a dégrisée ; cependant, je crains bien qu'elle ne soit légitime. La naissance et l'éducation ne comptent guère ici. Déjà les hommes du commun ont droit de vote, qui sont moins instruits que dame Duparge ou moi-même. L'opinion d'un paysan a plus de poids que la mienne.

Et que m'a grommelé mon époux ? « Tu m'as fait honte en attirant l'attention sur toi. Quelle fatuité ! Se targuer ainsi de talents artistiques ! Occupe-toi plutôt de tes enfants au lieu de te vanter. » Ainsi m'a-t-il remise à ma place.

Qu'allons-nous devenir ? À quoi bon dormir au sec si nos estomacs sont vides et nos gorges assoiffées ? Je plains l'enfant que je porte. Les hommes ont crié « Attention ! » tandis qu'ils me soulevaient avec un treuil pour me hisser jusqu'à ce perchoir. Or, toutes les précautions du monde ne sauraient prévaloir contre le fait que mon bébé naîtra dans ce désert. Narissa me manque, néanmoins sa fin a été plus douce, je pense, que celle que nous réserve cette étrange forêt.

29ᵉ jour de la Lune du Chariot L'an quatorze du règne du très auguste et magnifique Gouverneur Esclépius

J'ai encore mangé un lézard cette nuit. J'ai honte de l'avouer. La première fois, j'ai agi sans plus réfléchir, tel un chat qui bondit sur un oiseau. Au cours d'une sieste, j'ai remarqué le petit animal sur une fronde de fougère. Il était vert comme un joyau, parfaitement immobile. Seuls l'éclat de son œil brillant et son jabot palpitant l'ont trahi. Avec la vivacité du serpent, j'ai attaqué. Je l'ai attrapé, j'ai appliqué son ventre doux sur ma bouche. J'ai mordu dedans, c'était amer, fétide et sucré à la fois. Je l'ai avalé après avoir mastiqué, avec les os et tout, comme s'il s'était agi d'une étuvée d'alouettes servie à un banquet du Gouverneur. Après coup, je n'arrivais pas à croire que j'avais fait cela. Je m'attendais à être malade, mais il n'en a rien été. Semblable aliment paraît indigne d'un être civilisé, sans parler de la manière même dont je l'ai dévoré. Je me suis dit que j'obéissais aux exigences de l'enfant qui grandit en moi, une aberration passagère inspirée par une faim torturante. Je résolus de ne plus jamais recommencer et chassai l'incident de mon esprit.

Mais cette nuit, j'ai recommencé. Il était mince et gris, de la couleur de l'arbre. Il a vu le geste vif de ma main et s'est caché dans une fissure de l'écorce mais je l'ai tiré par la queue. Je l'ai tenu entre mon index et mon pouce. Il s'est débattu sauvagement puis s'est immobilisé, sachant que sa résistance était vaine. Je l'ai regardé de près en pensant que, ce faisant, je pourrais le relâcher. Il était beau, avec ses yeux étincelants, ses griffes minuscules et sa queue battante. Son dos était gris et rêche comme l'écorce mais son tendre petit ventre était couleur crème. Il y avait une trace de bleu sur la courbe douce de sa gorge et une raie bleu pâle le long de son ventre. Les écailles étaient lisses sous ma langue. Je percevais le crépitement de son cœur frêle et sentais l'odeur âcre de sa peur tandis que ses griffes menues labouraient mes lèvres gercées. D'une certaine façon, tout cela m'était si familier. Alors, j'ai fermé les yeux et j'ai mordu dans sa chair, les mains sur la bouche pour être sûre de n'en pas perdre le moindre morceau. Il y avait une petite tache de sang dans ma paume. Je l'ai léchée. Personne ne m'a vue.

Sâ, doux Seigneur, maître de tout, que suis-je en train de devenir ? Qui me pousse à agir de la sorte ? La faim ou la sauvagerie contagieuse de ce lieu ? Je le sais à peine moi-même. Les rêves qui empoisonnent mon sommeil ne sont pas ceux d'une dame de Jamaillia. Les eaux d'ici me brûlent les mains, me dessèchent les pieds jusqu'à les racornir. Je n'ose penser à l'aspect de mon visage et de mes cheveux.

2e jour de la Lune Verdissante L'an quatorze du règne du très auguste et magnifique Gouverneur Esclépius

Un enfant est mort la nuit dernière. Nous avons tous été bouleversés. Simplement, il ne s'est pas réveillé ce matin. C'était un petit gars robuste d'une douzaine d'années. Il s'appelait Durgan et il avait beau n'être que fils de marchand, je partage intensément la douleur de ses parents. Petrus qui avait l'habitude de le suivre partout paraît très secoué par sa mort. Il a rêvé cette nuit, m'a-t-il chuchoté, que le pays se souvenait de lui. Quand je lui ai demandé ce qu'il entendait par là, il n'a pas pu expliquer mais il a répondu que peut-être Durgan était mort parce que ce pays ne voulait pas de lui. Ses paroles m'étaient incompréhensibles mais il a répété avec insistance jusqu'à ce que je hoche la tête et concède qu'il avait sans doute raison. Doux Sâ, ne laisse pas la folie s'emparer de mon fils. Cela me fait si peur. Peut-être est-ce un bien, mon garçon ne recherchera plus la compagnie d'un gamin du peuple ; il n'empêche, le grand sourire de Durgan, son rire facile nous manqueront.

À peine les hommes avaient-ils creusé une tombe qu'elle se remplit d'eau boueuse. À la fin, on a dû emmener la mère tandis que le père condamnait le corps de son fils à l'eau et à la fange. Alors que nous priions Sâ de donner le repos à l'âme de Durgan, l'enfant dans mon sein m'a décoché un coup de pied furieux. Cela m'a effrayée.

8e jour de la Lune Verdissante (Je crois. Martha Duparge dit que nous sommes au 9e.) L'an quatorze du règne du très auguste et magnifique Gouverneur Esclépius

Nous avons découvert un lopin de terre sèche et la plupart d'entre nous allons nous reposer ici quelques jours tandis qu'un groupe d'hommes partira en reconnaissance pour chercher un endroit plus adéquat. Notre refuge n'est guère qu'une île au milieu des marais. Nous avons appris qu'une certaine espèce de buisson épineux indique un terrain plus ferme et, ici, il pousse assez dense. Il est suffisamment résineux pour brûler, même vert. Il s'en dégage une fumée épaisse et étouffante qui tient toutefois les insectes à distance.

Jathan fait partie du groupe d'éclaireurs. Étant donné la naissance imminente de notre enfant, je pensais qu'il aurait dû rester ici pour m'aider à m'occuper des garçons. Mais il a prétendu qu'il lui fallait s'imposer comme chef de notre compagnie. Sire Duparge doit aussi prendre part à l'expédition. Comme dame Martha Duparge est également proche du terme de sa grossesse, Jathan a ajouté que nous pourrions nous entraider. Elle est si jeune qu'elle ne sera pas d'un grand secours pour l'accouchement, mais sa présence sera préférable à la solitude. Toutes les femmes se sont rapprochées, car les privations nous ont forcées à partager nos maigres ressources pour le bien de nos enfants.

La femme d'un tisserand a imaginé un moyen de confectionner des nattes avec les lianes abondantes. J'ai commencé à apprendre, car je ne puis faire grand-chose d'autre, tant je suis devenue lourde. On peut utiliser ces nattes comme des paillasses et, entrelacées, comme rideaux protecteurs. Tous les arbres alentour ont des écorces lisses, et de très hautes branches, aussi devons-nous nous arranger d'un abri au sol. Plusieurs femmes se sont jointes à nous et il était plaisant, on se sentait presque chez soi, de bavarder en travaillant de nos mains. Les hommes se sont moqués de nous quand nous avons installé nos cloisons tressées, en nous demandant de quoi allaient nous protéger de si fragiles palissades. Je me suis sentie sotte mais, à la nuit tombée, nous étions bien à l'aise dans notre hutte précaire. Cousette la tisserande a une jolie voix et elle m'a émue aux larmes en chantant pour endormir son plus jeune enfant le vieux cantique *Glorifie Sâ dans les tribulations*. Il y a une éternité, semble-t-il, que je n'ai entendu de musique. Combien de temps mes enfants devront-ils vivre privés de culture, sans autres maîtres que les jugements impitoyables de ce désert ?

J'ai beau mépriser Jathan Rochecarre, responsable de notre exil, il me manque ce soir.

12e jour ou 13e de la Lune Verdissante L'an quatorze du règne du très auguste et magnifique Gouverneur Esclépius

La folie s'est emparée de notre camp, hier soir. Cela a commencé par les cris d'une femme dans le noir : « Écoutez ! Écoutez ! Personne ne les entend donc chanter ? » Son mari a tenté de la calmer mais un jeune garçon a alors prétendu percevoir les chants depuis plusieurs nuits. Puis il a plongé dans l'obscurité comme s'il savait où il allait. Sa mère a couru après lui. Alors la femme qui avait crié s'est dégagée de l'étreinte de son mari et précipitée dans le marais. Trois autres l'ont suivie, non pour la ramener mais en la hélant : « Attends, attends, on vient avec toi ! »

Je me suis levée et j'ai tenu contre moi mes deux fils, de crainte que la folie ne les saisisse aussi. Une singulière lueur baigne la jungle, la nuit. Les lucioles me sont familières mais non la bizarre araignée qui laisse un globe de sécrétion rougeoyant au centre de sa toile. Les minuscules insectes volent tout droit dans sa direction, comme les phalènes attirées par la lumière d'une lanterne. Il y a aussi une mousse pendante qui luit d'une pâle et froide clarté. Je me défends de laisser voir à mes garçons à quel point je la trouve macabre. Je leur ai dit que je tremblais parce que j'avais froid et que je m'inquiétais pour ces infortunés surpris par la nuit, perdus dans les marécages. Pourtant, je fus glacée en entendant le petit Carlmin parler de la beauté de la jungle la nuit et du doux parfum des fleurs nocturnes. Il a dit qu'il se souvenait des gâteaux que j'aromatisais avec ces mêmes fleurs. Nous n'avons pas de fleurs semblables à Jamaillia et, cependant, à ses paroles, je me remémorai vaguement de petits gâteaux bruns, mous au milieu, croustillants et dorés sur les bords. Tout en écrivant ces mots, il me semble me rappeler que je les façonnais en forme de fleur avant de les plonger dans la friture bouillante.

Je n'ai jamais fait ces gâteaux, sur ma foi !

Il est midi et il n'y a aucun signe de ceux saisis par la folie nocturne. On les a cherchés mais l'équipe de secours est revenue trempée, dévorée par les insectes et désolée. La jungle les a engloutis. La femme a laissé derrière elle un petit garçon qui l'a réclamée en pleurant toute la journée.

Je n'ai soufflé mot à quiconque de la musique qui hante mes rêves.

14e jour ou 15e de la Lune Verdissante L'an quatorze du règne du très auguste et magnifique Gouverneur Esclépius

Nos éclaireurs ne sont toujours pas revenus. Dans la journée, nous faisons bonne figure pour les enfants mais, la nuit venue, Martha Duparge et moi échangeons nos craintes pendant que mes garçons dorment. Nos hommes devraient être de retour à l'heure qu'il est, ne serait-ce que pour nous annoncer qu'ils n'ont pas trouvé d'endroit plus hospitalier que cette île tourbeuse.

Hier soir, Martha a déclaré en pleurant que le Gouverneur nous avait délibérément envoyés à la mort. J'en ai été scandalisée. Les prêtres de Sâ ont traduit les anciens manuscrits qui parlaient de cités sur ce fleuve. Les hommes qui se consacrent à Sâ ne sauraient mentir. Mais peut-être se sont-ils trompés et leur erreur est assez grave pour nous coûter la vie.

D'abondance, point ici, rien que l'étrange qui se tapit le jour et rôde autour de nos huttes la nuit. Quasiment tous les soirs, quelqu'un s'éveille en hurlant de cauchemars insaisissables. Une jeune femme de petite vertu a disparu depuis deux jours. Elle était fille des rues à Jamaillia et a continué son commerce ici, en se faisant payer en nourriture. Nous ignorons si elle est partie d'elle-même ou si elle a été tuée par quelqu'un du groupe. Nous ignorons si nous abritons un assassin parmi nous ou si ce terrible pays a fait une nouvelle victime.

C'est nous, les mères, qui souffrons le plus, car nos enfants nous réclament davantage que la maigre ration qui nous est allouée. Les vivres du navire sont épuisés. Je cherche de quoi manger quotidiennement, mes fils à mes côtés. J'ai découvert, il y a quelques jours, un tas de terre molle et, en le fouillant, j'ai déniché des œufs à la coquille mouchetée de brun. Il y en avait près de cinquante et, bien que certains aient refusé d'y toucher, en protestant qu'ils n'allaient pas manger des œufs de lézard ou de serpent, les mères, elles, ne se sont pas fait prier. Une plante blanche comme le lis, difficile à arracher aux bas-fonds – je suis immanquablement éclaboussée par l'eau mordicante – possède de longues racines fibreuses, semées de nodules, de la taille de grosses perles, qui ont une saveur agréablement poivrée. Cousette a tressé avec ces racines des paniers et dernièrement elle a même tissé une toile grossière. Voilà qui sera bienvenu. Nos jupes sont en lambeaux jusqu'aux mollets et la semelle de nos souliers devient plus fine que du papier. Ils ont tous été surpris que je trouve les perles de lis. Certains m'ont demandé comment je savais qu'elles étaient comestibles.

Je n'ai pas de réponse. Les fleurs me paraissent familières, d'une certaine façon. Je ne puis dire ce qui m'a poussée à arracher les racines et à en cueillir les nodules nacrés pour les porter à la bouche.

Les hommes qui sont restés se plaignent sans cesse de devoir monter la garde la nuit et entretenir les feux mais, en vérité, je crois que nous, les femmes, nous travaillons aussi dur qu'eux. Il est pénible de veiller à la sécurité des petits, de les nourrir et de les tenir propres dans ces conditions. J'avoue que j'ai appris beaucoup d'Éclaire, en ce qui concerne les enfants. Elle était blanchisseuse à Jamaillia et pourtant, ici, elle est devenue mon amie, et nous partageons une petite hutte que nous avons construite pour les cinq enfants et nous-mêmes. Son mari, un certain Ethe, fait aussi partie des explorateurs. Néanmoins, elle garde son entrain et insiste pour que ses trois enfants aident aux tâches quotidiennes. Nous envoyons nos fils aînés ramasser du bois mort pour le feu. Nous leur recommandons de ne jamais franchir les limites du camp mais Petrus et Olpet protestent qu'il n'y a plus de bois sec à proximité. Ses filles, Piète et Aimée, surveillent Carlmin pendant qu'Éclaire et moi recueillons l'eau dans le calice des fleurs trompettes et récoltons tous les champignons que nous pouvons trouver. Nous avons découvert une écorce qui, infusée, donne une tisane aromatique et nous aide à tromper notre faim.

Je suis ravie de sa compagnie ; son aide sera bienvenue quand Martha et moi toucherons à notre terme. Il n'empêche, son fils Olpet, plus âgé que mon Petrus, l'entraîne à se conduire de manière téméraire et insouciante. Hier, ils ont disparu tous les deux jusqu'au crépuscule et ne sont revenus qu'avec une brassée de bois chacun. Ils ont expliqué qu'ils avaient entendu une musique lointaine et qu'ils l'avaient suivie. Je suis certaine qu'ils se sont aventurés imprudemment au cœur de cette forêt marécageuse. Je les ai réprimandés et Petrus a été intimidé mais Olpet a demandé à Éclaire d'un ton narquois s'il valait mieux qu'il reste planté là, dans la boue, à prendre racine. J'ai été scandalisée qu'il parle de la sorte à sa mère. J'ai la conviction qu'il est pour quelque chose dans les cauchemars de Petrus, car il adore raconter des histoires extravagantes remplies de spectres parasites qui flottent en brouillards nocturnes, et de lézards qui sucent le sang. Je ne veux pas que Petrus soit influencé par ces absurdes superstitions, mais qu'y faire ? Les garçons doivent aller chercher du bois et je ne peux l'envoyer seul. Les autres garçons de la compagnie ont tous leur part de corvées. Cela me chagrine de voir Petrus, le descendant de deux illustres familles, obligé de travailler aux côtés de gamins du peuple. Je crains qu'il ne soit dévoyé bien avant que nous retournions à Jamaillia.

Pourquoi Jathan ne rentre-t-il pas ? Que sont nos hommes devenus ?

19e jour ou 20e de la Lune Verdissante L'an quatorze du règne du très auguste et magnifique Gouverneur Esclépius

Aujourd'hui, trois hommes et une femme crottés sont arrivés à notre campement. Quand j'ai entendu le remue-ménage, mon cœur a bondi d'émoi, j'ai cru que nos hommes étaient de retour. Mais j'ai été stupéfiée de découvrir qu'il s'agissait d'un groupe débarqué d'un autre navire.

Le capitaine, l'équipage et les passagers ont été précipités dans le fleuve, un soir, quand le navire est tout simplement tombé en morceaux. Ils n'ont guère eu la possibilité de sauver quoi que ce soit du vaisseau qui sombrait. Plus de la moitié des gens ont péri. Quant à ceux qui ont pu atteindre le rivage, la plupart ont été saisis de folie, et dans les jours qui ont suivi le naufrage, ils se sont suicidés ou ont disparu dans le désert.

Beaucoup sont morts les premières nuits, faute de trouver le moindre îlot de terre ferme. Je me suis bouché les oreilles quand ils ont parlé de gens qui trébuchaient dans la boue et s'y noyaient. Certains s'éveillaient, égarés, délirant sous l'influence de rêves étranges. D'aucuns se sont ressaisis mais d'autres ont erré dans les marécages, perdus à jamais. Ces trois-là constituaient l'avant-garde des survivants. Quelques minutes plus tard, les autres ont commencé à arriver par groupes de trois ou quatre, tout dépenaillés, dévorés par les insectes, horriblement brûlés par le contact prolongé avec l'eau du fleuve. Ils sont soixante-deux : quelques nobles en disgrâce, et des gens du peuple qui pensaient se refaire une vie. Les spéculateurs qui ont placé leur fortune dans l'expédition semblent les plus amers.

Le capitaine n'a pas survécu à la première nuit. Les matelots saufs sont affligés et hébétés par leur plongée brutale dans l'exil. Certains se tiennent à l'écart des « colons », comme ils nous appellent. Les autres paraissent comprendre qu'ils doivent se ménager une place parmi nous ou périr.

Une partie de notre groupe s'est isolée et a marmonné qu'abri et provisions nous suffisaient à peine, mais nous avons été nombreux à partager de bon cœur. Je n'aurais jamais imaginé voir des êtres plus désespérés que nous l'étions. J'estime que nous en profiterons tous, Martha et moi peut-être davantage que les autres. Ser, une sage-femme d'expérience, fait partie du groupe, qui compte aussi un couvreur, le charpentier du navire et des hommes rompus à la chasse. Les matelots sont solides et robustes, il se peut qu'ils s'adaptent suffisamment pour se rendre utiles.

Toujours aucun signe de nos éclaireurs.

26e jour de la Lune Verdissante L'an quatorze du règne du très auguste et magnifique Gouverneur Esclépius

Mon terme est venu. L'enfant est née. Je ne l'ai même pas vue avant que la sage-femme ne l'emporte. Martha, Éclaire et Ser la sage-femme ont dit qu'elle était mort-née et pourtant je suis certaine de l'avoir entendue vagir une fois. J'étais épuisée, près de m'évanouir, mais je sais bien ce que j'ai perçu. Mon bébé m'a appelée avant de mourir.

Éclaire nie le fait, elle assure que l'enfant est née bleue et sans vie. J'ai demandé pourquoi je n'avais pas pu la serrer dans mes bras avant qu'on ne la mette en terre. La sage-femme a répondu que j'aurais moins de chagrin ainsi. Mais elle pâlit chaque fois que je l'interroge. Martha ne dit mot. Redoute-t-elle son propre terme ou me cachent-elles quelque chose ? Pourquoi, ô Sâ, m'as-tu de façon si cruelle enlevé mes deux filles ?

Jathan va en entendre parler quand il sera de retour. S'il était resté et m'avait aidée dans les derniers jours de ma grossesse, je n'aurais pas eu à peiner si dur. Peut-être ma petite fille aurait-elle vécu. Mais il n'était pas avec moi alors, et n'est pas là aujourd'hui. Et qui va surveiller mes garçons, les nourrir et s'assurer qu'ils rentrent sains et saufs le soir tandis que je suis allongée ici et que je perds mon sang pour un bébé qui n'a pas vécu ?

1er jour de la Lune du Grain
L'an quatorze du règne du très auguste et magnifique Gouverneur Esclépius

Je me relève de mes couches. J'ai le sentiment que mon cœur est enterré avec mon enfant. L'ai-je donc portée si loin, traversé de si rudes épreuves pour rien ?

Notre camp est à présent surpeuplé avec les nouveaux venus, on peut à peine se frayer un passage à travers les abris de fortune. Séparé de moi durant mes couches, Carlmin, petite ombre frêle, me suit désormais partout. Petrus a resserré ses liens d'amitié avec Olpet et ne prête aucune attention à mes paroles. Quand je lui ordonne de ne pas s'éloigner du camp, il me défie et s'aventure encore plus profond dans les marais. Éclaire me conseille de le laisser faire. Les garçons sont devenus les favoris du campement après qu'ils ont eu déniché des grappes de petites baies jaune vif, amères comme de la bile, mais cette nourriture infecte réjouit les affamés que nous sommes. N'importe, j'enrage de voir que tout le monde encourage mon fils à me désobéir. N'écoutent-ils donc pas les histoires insensées que racontent les garçons, de musique étrange, lointaine ? Les gamins se vantent d'en découvrir la source et mon cœur de mère sait qu'il n'y a rien de naturel ni de bon dans ce qui les attire au plus profond de cette jungle foisonnant de miasmes pestilentiels.

Le campement se détériore un peu plus chaque jour. Les sentiers piétinés deviennent fangeux, s'élargissent en bourbiers. Trop nombreux sont ceux qui, parmi nous, ne font rien pour améliorer le sort commun. Ils vivent au jour le jour, du mieux qu'ils peuvent, sans se soucier du lendemain, comptant sur les autres pour se nourrir. Certains restent assis, les yeux perdus dans le vide, d'autres prient et pleurent. S'attendent-ils que Sâ en personne descende du ciel pour les sauver ? La nuit dernière, on a retrouvé les cinq membres d'une même famille recroquevillés au pied d'un arbre sous un misérable rideau de nattes. On ignore ce qui les a tués. Nul ne parle de ce que nous redoutons tous : la présence d'une folie insidieuse dans l'eau, ou peut-être vient-elle de la terre elle-même, s'insinuant dans nos rêves comme une musique surnaturelle. Je m'éveille avec des souvenirs de rêves d'une étrange cité, je me crois une autre, vivant ailleurs. Et quand j'ouvre les yeux sur la boue, les insectes et la faim, j'aspire parfois à les refermer et à retourner à mon rêve. Est-ce donc ce qu'il est advenu à cette famille infortunée ? Ils avaient les yeux grands ouverts et fixes quand nous les avons découverts. Nous avons laissé le fleuve engloutir leurs corps. Le Conseil a pris leurs maigres possessions et les partagées mais d'aucuns ont murmuré que les membres du Conseil avaient favorisé leurs amis au lieu de distribuer à ceux qui étaient dans le plus grand besoin. Le mécontentement s'intensifie à l'égard de cette poignée d'hommes qui nous imposent leurs règles.

Notre refuge précaire commence à nous trahir. Même le poids léger de nos huttes transforme en bourbier l'humus fragile. Je décriais naguère ceux qui croupissent dans la crasse, en disant : « Ils vivent comme des bêtes. » Mais en vérité, les animaux de cette jungle vivent avec plus de raffinement que nous. J'envie aux araignées leurs toiles suspendues dans les puits de lumière, au-dessus de nous. J'envie aux oiseaux leurs nids qui pendillent sur nos têtes, hors de portée de la boue et des serpents. J'envie même leurs pieds plats aux lapins des marais, comme nos chasseurs appellent le petit gibier qui détale, insaisissable, dans le fouillis des roseaux et les feuilles flottantes des bas-fonds. Le jour, à chaque pas, mes pieds sont aspirés par la terre. La nuit, nos paillasses s'enfoncent dans le sol et nous nous réveillons trempés. Il faut imaginer une solution mais les autres disent : « Attendons. Nos explorateurs vont revenir et nous conduire dans un lieu plus hospitalier. »

Je crois que le seul lieu plus hospitalier qu'ils aient trouvé est le sein de Sâ. Ainsi en ira-t-il peut-être de nous tous. Reverrai-je jamais Jamaillia la douce, me promènerai-je de nouveau dans un joli jardin, mangerai-je, boirai-je de nouveau à satiété sans penser au lendemain ? Compréhensible est la tentation que j'ai de m'évader en passant des heures à rêver d'un autre lieu. Seuls mes fils me rattachent encore à ce monde.

16ᵉ jour de la Lune du Grain
L'an quatorze du règne du très auguste et magnifique Gouverneur Esclépius

Ce que l'esprit conscient ne perçoit pas, le cœur le sait déjà. Dans un rêve, j'ai traversé comme le vent ce désert des Pluies, en rasant le sol mou, passant au travers des ramures qui balançaient. Insoucieuse de la fange et de l'eau corrosive, j'ai pu voir soudain la beauté aux multiples strates des alentours. Je me tenais en équilibre, oscillant, comme un oiseau, sur une fronde de fougère. Un esprit du désert des Pluies m'a murmuré : « Essaie de le dominer et il t'engloutira. Incorpore-toi à lui, et tu vivras. »

Je ne sais si ma conscience y prête la moindre foi. Mon cœur se languit des flèches blanches de Jamaillia, des eaux douces et bleues de son port, de ses allées ombragées et de ses places ensoleillées. Je suis avide de musique et d'art, de vin et de poésie, de nourriture que je n'aurais pas à dénicher dans cette jungle rampante, inextricable, inhospitalière. Foin de la crasse ! J'ai faim de beauté.

Je n'ai récolté ni eau ni nourriture aujourd'hui. Mais j'ai sacrifié deux pages de ce journal à dessiner des logis adaptés à cet endroit implacable. J'ai conçu de même des passerelles flottantes qui relieraient nos maisons. Cela exigera qu'on abatte des arbres et qu'on débite des grumes. Quand j'ai montré mes croquis à mes compagnons, certains se sont moqués en prétendant que le travail était trop considérable pour notre petit groupe. D'autres ont fait remarquer que nos outils s'étaient rapidement corrodés ici. J'ai rétorqué qu'il valait mieux se servir de nos outils maintenant pour construire des abris qui ne nous feront pas défaut quand les outils seront inutilisables.

Quelques-uns ont regardé volontiers mes dessins puis ont haussé les épaules : à quoi bon trimer si dur alors que nos éclaireurs peuvent revenir d'un jour à l'autre et nous guider vers un emplacement propice ? Nous ne pouvons vivre pour toujours dans ce marais, ont-ils déclaré. J'ai répondu qu'ils avaient raison, que faute de se remuer nous allons tous mourir ici. Je n'ai pas exprimé, par peur de tenter le sort, ma crainte la plus sinistre, à savoir qu'il n'y a rien d'autre que des lieues et des lieues de marais sous ces arbres, et que nos explorateurs ne reviendront jamais.

À mes paroles méprisantes, la plupart des gens se sont écartés avec raideur mais deux d'entre eux m'ont admonestée : était-il convenable pour une dame de Jamaillia de s'emporter contre des hommes ? Ce n'étaient que gens du peuple, tout comme leurs femmes derrière eux qui approuvaient de la tête. Pourtant, je n'ai pu retenir mes larmes ni le tremblement de ma voix quand je leur ai demandé quelle sorte d'hommes ils étaient pour envoyer mes fils dans la jungle en quête de nourriture alors qu'ils restaient assis sur leurs talons à attendre qu'on résolve leurs problèmes. Ils ont levé la main et ont fait un signe infamant, comme si j'étais une fille des rues. Et ils se sont tous éloignés.

Peu m'importe. Je leur prouverai qu'ils ont tort.

24e jour de la Lune du Grain
L'an quatorze du règne du très auguste et magnifique Gouverneur Esclépius

Je suis partagée entre l'exaltation et le chagrin. Mon bébé est mort, Jathan n'est pas revenu, et pourtant aujourd'hui, j'éprouve un sentiment de triomphe plus intense que celui goûté quand on louangeait mes œuvres d'art. Éclaire, Martha et le petit Carlmin ont travaillé dur à mes côtés. Cousette, la tisserande, a proposé des perfectionnements à mes expériences. Piète et Aimée sont allées chercher de la nourriture à ma place. J'ai été stupéfiée par l'habileté des petites mains de Carlmin, j'ai été réconfortée par sa détermination à aider. Dans ces efforts, il s'est révélé un fils selon mon cœur.

Nous avons confectionné le plancher d'une grande hutte avec des nattes entrecroisées sur un lit de roseaux et de menus branchages. Le poids est ainsi étalé, de sorte que nous flottons sur le sol spongieux aussi doucement que les roseaux entremêlés flottent sur les eaux voisines. Alors que les autres abris s'enfoncent chaque jour davantage, le nôtre a tenu quatre jours sans qu'on ait à déménager. Aujourd'hui, satisfaits par la stabilité de notre logis, nous avons entrepris d'y apporter des améliorations supplémentaires. Sans outils, nous avons cassé des baliveaux et les avons ébranchés. Des morceaux de leurs troncs, entrelacés avec des racines de lis pour former une échelle horizontale, constituent la base des passages autour de notre hutte. Des couches de nattes tressées que nous ajouterons demain renforceront nos sentiers précaires. L'astuce, j'en suis convaincue, est d'étaler sur la surface la plus large possible le poids de nos allées et venues, à l'instar des lapins des marais avec leurs pieds plats. Sur la parcelle la plus détrempée, derrière notre hutte, nous avons suspendu une passerelle, assujettie du mieux possible comme une toile d'araignée entre les arbres. Ce qui n'est pas aisé car la circonférence des troncs est considérable et l'écorce lisse. Deux fois, la passerelle a cédé alors que nous nous efforcions de l'attacher et les curieux qui nous observaient se sont moqués de nous mais, à la troisième tentative, elle a tenu bon. Non seulement l'avons-nous franchie plusieurs fois sans encombre mais nous avons pu en outre nous tenir debout sur le pont flottant et surplomber le reste du campement. Bien que l'altitude ne soit pas très élevée, à peine une hauteur de taille du sol, cela m'a permis de me faire une idée de notre misère. L'endroit est sillonné de layons erratiques et les huttes sont disséminées au hasard. Un matelot est venu inspecter notre travail en se balançant sur les talons et en mâchonnant une brindille. Puis il a eu l'effronterie de refaire la moitié de nos nœuds. « Cela va tenir, madame, m'a-t-il dit, mais pas très longtemps et pas si l'on s'en sert beaucoup. Il faut haubaner plus solidement. Regardez là-haut. C'est là à toutes ces branches qu'il faudrait nous installer. »

J'ai levé les yeux vers les cimes vertigineuses où les branches prenaient naissance et lui ai rétorqué que, sans ailes, nous ne pourrions atteindre cette hauteur. Avec un sourire hilare il a répondu : « Je connais un homme qui en serait capable. Si quiconque pense que cela vaut la peine d'essayer. » Puis il a fait un de ces ridicules saluts de marin et s'est éloigné d'un pas nonchalant.

Nous devons agir rapidement car cette île instable rétrécit chaque jour. Le sol est trop piétiné et l'eau sourd dans les sentiers. Il faut que je sois folle pour vouloir essayer ; je suis artiste, pas ingénieur ni maçon. Toutefois, si personne ne prend d'initiative, je suis résolue à tenter la chose. Si j'échoue, du moins aurai-je essayé.

5ᵉ jour ou 6ᵉ de la Lune de l'Oraison L'an quatorze du règne du très auguste et magnifique Gouverneur Esclépius

Aujourd'hui, l'un de mes ponts s'est rompu. Trois hommes sont tombés dans les marécages et l'un d'eux s'est cassé la jambe. Il m'a imputé sa mésaventure : voilà ce qui arrive quand les femmes exercent dans la construction leur talent pour le tricot. Sa femme a renchéri sur ses accusations. Mais je ne me suis pas dérobée devant eux. J'ai répondu que je ne l'avais pas incité à utiliser mes passerelles et que ceux qui, sans avoir participé à leur fabrication, osaient tout de même s'en servir méritaient la punition que Sâ leur envoyait pour leur paresse et leur ingratitude.

Quelqu'un a crié au blasphème mais un autre a répondu : « La vérité est le glaive de Sâ. » Je me suis sentie vengée. Ma main-d'œuvre a suffisamment augmenté pour être partagée en deux équipes : je vais mettre Cousette en charge de la seconde et malheur à celui qui raille ma décision. Ses compétences ont fait leurs preuves.

Demain, nous espérons commencer à guinder les premiers supports de mes Grandes Plates-Formes dans les arbres. Il se pourrait que j'échoue de façon spectaculaire. Les madriers sont lourds et nous ne disposons pas de véritable corde pour les hisser, seulement des filins de racines tressées. Le matelot a confectionné des palans et des poulies pour nous. Petrus et lui sont les seuls à avoir pu escalader le tronc lisse d'un arbre jusqu'à la fourche des immenses branches. Ils ont planté des pitons au fur et à mesure de leur ascension mais, malgré cela, j'ai tremblé de les voir se risquer à une telle altitude. Rouaud le marin dit que ses palans suffiront à n'importe quelle tâche. J'attends de voir. Je crains qu'ils n'éliment davantage encore nos cordages. Je devrais dormir mais je suis étendue là, à me demander si nous avons assez de filins pour hisser nos madriers. Nos échelles de corde résisteront-elles à un usage quotidien ? Qu'ai-je donc entrepris ? Si quelqu'un venait à tomber d'une telle hauteur, il se tuerait assurément. Pourtant l'été doit s'achever et, quand viendront les pluies d'hiver, il faut que nous disposions d'un asile au sec.

12e jour ou 13e de la Lune de l'Oraison L'an quatorze du règne du Gouverneur Esclépius

Échec sur échec sur échec. Je n'ai guère le cœur à écrire. Rouaud le marin assure que nous devons considérer comme un succès le fait que personne n'ait été blessé. Quand notre première plate-forme a cédé, elle s'est enfoncée dans la terre molle sans se rompre en morceaux. Il a déclaré avec entrain que cela prouvait la solidité de la construction. C'est un jeune homme plein de ressources, intelligent malgré son manque d'éducation. Je lui ai demandé aujourd'hui s'il ressentait de l'amertume envers le destin qui le contraignait à fonder une colonie dans le désert des Pluies au lieu de naviguer. Il a haussé les épaules et souri. Il était étameur et ouvrier agricole avant de devenir marin et il a répondu qu'il ignorait ce qu'était vraiment son destin. Il se sentait capable d'accepter n'importe quel sort pour le tourner à son avantage. Si je pouvais avoir son courage...

Les fainéants de notre groupe nous regardent d'un air ahuri et se moquent de nous. Leur scepticisme entame mes forces comme l'eau laiteuse brûle la peau. Ceux qui maugréent le plus sont ceux qui en font le moins. « Attendez, disent-ils, attendez que nos explorateurs reviennent et nous conduisent dans un endroit plus favorable. » Néanmoins, notre situation empire chaque jour. Nous sommes quasiment en haillons, bien que Cousette s'applique à utiliser les fibres qu'elle tire des lianes ou de la moelle des roseaux. Nous trouvons à peine à nous sustenter et n'avons aucune réserve pour l'hiver. Les fainéants mangent autant que ceux qui travaillent. Mes garçons triment dur à nos côtés et reçoivent la même ration que ceux qui sont affalés et gémissent sur leur sort. Petrus souffre d'une éruption cutanée qui s'étend à la naissance du cou. Je suis certaine qu'elle est provoquée par l'alimentation insuffisante et l'humidité constante.

Éclaire doit ressentir la même chose. Ses petites filles, Piète et Aimée, n'ont plus que la peau sur les os car, au contraire de nos garçons qui mangent en cherchant de la nourriture, elles doivent se contenter de ce qu'on leur donne à la fin de la journée. Olpet est devenu bizarre, ces derniers temps, à tel point qu'il inquiète jusqu'à Petrus lui-même. Celui-ci se met en chemin avec lui chaque jour mais rentre souvent bien avant son ami. La nuit dernière, je me suis réveillée en entendant Olpet chanter doucement dans son sommeil. C'étaient une mélodie et une langue que je jure n'avoir jamais sues et pourtant j'ai été obsédée par une impression de familiarité.

Il pleut à verse aujourd'hui. Nos huttes nous protègent à peu près. Je plains ceux qui n'ont pas fait l'effort de se construire un abri tout en m'étonnant de leur manque d'intelligence. Deux femmes sont venues dans notre hutte avec leurs trois enfants. Martha, Éclaire et moi-même n'avions aucun désir de les voir s'entasser avec nous mais le cœur nous a manqué devant les petits qui tremblaient pitoyablement. Nous les avons acceptées tout en les prévenant avec sévérité qu'elles devraient nous aider le lendemain. Sans quoi il faudrait qu'elles s'en aillent. Peut-être devons-nous forcer les gens à agir dans leur propre intérêt.

17e jour ou 18e de la Lune de l'Oraison L'an quatorze du règne du Gouverneur Esclépius

Nous avons guindé et fixé la première Grande Plate-Forme. Cousette et Rouaud ont confectionné des échelles en filet qui pendent jusqu'au sol. Ce fut un grand moment de triomphe pour moi de me tenir dessous et de lever les yeux vers la plate-forme solidement arrimée parmi les branches qui la soustraient presque aux regards. Ceci est mon œuvre. Rouaud, Crorin, Pincec et Martinet sont ceux qui ont accompli le plus gros du levage et de la fixation mais le dessin de la plate-forme, la légèreté avec laquelle elle se maintient en équilibre dans les branches, supportant le poids adéquatement, le choix de l'emplacement, tout cela, c'est mon œuvre. Je me suis sentie si fière.

Mais cela n'a pas duré. Gravir une échelle de lianes qui se dérobe à chaque degré et se balance de plus en plus à mesure qu'on monte, voilà un exercice qui n'est pas fait pour les cœurs pusillanimes ni pour les pauvres forces d'une femme. À mi-chemin, j'ai perdu courage. Je me suis accrochée, à demi défaillante, et Rouaud a dû venir à ma rescousse. J'ai honte : moi, une femme mariée, j'ai passé mes bras autour de son cou, comme une petite fille. À mon grand dépit, il ne m'a pas redescendue mais a insisté pour me faire grimper afin que je puisse admirer la vue depuis notre plate-forme.

Ce fut tout ensemble exaltant et décevant. Nous nous tenions bien au-dessus des marécages où nos pieds ont enfoncé si longtemps mais toujours sous l'ombrelle des feuilles qui fait écran aux rayons les plus forts du soleil. J'ai posé les yeux sur une surface de frondaisons, de branches et de lianes d'apparente et trompeuse fermeté. Bien que d'immenses troncs et ramures nous aient bouché la vue, j'ai pu soudain apercevoir à quelque distance dans plusieurs directions. La forêt semblait s'étendre à l'infini. Cependant, les branches des arbres voisins qui touchaient presque les nôtres m'ont inspiré une nouvelle idée ambitieuse. Notre prochaine plate-forme sera installée sur trois arbres proches les uns des autres. Une passerelle reliera la Plate-Forme Numéro Un à la Numéro Deux.

Éclaire et Cousette sont déjà en train de tresser les filets de sécurité qui empêcheront les plus jeunes enfants de tomber de la Plate-Forme Numéro Un. Quand elles auront terminé, je les mettrai à l'ouvrage pour confectionner les passerelles et les réseaux qui leur serviront de cloisons.

Les aînés des enfants sont les plus lestes à grimper et les plus rapides à s'adapter à notre logis dans les arbres. Déjà, ils se montrent terriblement imprudents en quittant la plate-forme pour rejoindre les énormes branches qui la soutiennent. Je leur ai maintes fois recommandé de faire attention et Rouaud me reprend avec douceur. « C'est leur univers. Ils ne le craignent pas. Ils vont avoir le pied aussi sûr que des matelots dans le gréement. Les branches sont plus larges que les ruelles de certaines villes que je connais. La seule chose qui vous empêche de parcourir cette branche, c'est la conscience que vous avez de sa hauteur. Pensez plutôt au bois sous vos pieds. »

Sous sa tutelle, et en m'agrippant à son bras, j'ai parcouru la branche, en effet. À un certain moment, elle a commencé à fléchir sous notre poids, j'ai pris peur et j'ai détalé vers la plate-forme. En regardant en bas, j'ai entrevu les huttes de notre petite colonie boueuse. Nous avons atteint un monde différent. La lumière est plus intense, quoique toujours diffuse, nous sommes plus proches des fruits et des fleurs. Des oiseaux au plumage éclatant poussent des cris rauques en nous voyant, comme s'ils nous disputaient le droit d'être ici. Leurs nids pendillent tels des paniers. Je regarde leurs petites maisons aériennes et me demande si je ne pourrais pas les adopter et me construire un « nid » sûr. Déjà je sens que ce nouveau territoire m'appartient au double titre de l'ambition et de l'art, comme si j'habitais l'une de mes sculptures suspendues. Puis-je imaginer une ville de maisonnettes aériennes ? Même cette plate-forme, dans sa nudité présente, possède grâce et équilibre.

Demain, je m'assiérai avec Rouaud le marin et Cousette la tisserande. Je me rappelle le filet qui soulevait de lourdes charges du quai sur le pont du navire. Une plate-forme ne pourrait-elle être placée à l'intérieur d'un filet de ce genre, recouvert de chaume pour ménager l'intimité, le tout suspendu à une branche robuste, pour se transformer en une chambre confortable ? Comment alors ménager un accès aux Grandes Plates-Formes à partir de ces logements ? Je souris en écrivant ces mots, car je ne doute pas que ce soit possible, je me demande seulement comment.

Olpet et Petrus ont une éruption sur le cuir chevelu et le cou. Ils se grattent et se plaignent ; la peau est aussi rugueuse au toucher que des écailles. Je ne vois aucun moyen de les soulager et je crains que cela ne se transmette aux autres. J'ai remarqué que nombre d'enfants se grattaient, l'air tout malheureux.

6ᵉ jour ou 7ᵉ de la Lune d'Or L'an quatorze du règne du Gouverneur Esclépius

Deux événements de grande importance. Pourtant, je suis si lasse et découragée que je peux à peine les consigner ici. Hier soir, alors que je m'endormais dans ma maison-cage à oiseau-balançoire, je me sentais en sécurité et presque sereine. Cette nuit, tout cela m'a été enlevé.

Premier événement : la nuit dernière, Petrus m'a réveillée. En tremblant, il s'est faufilé sous les nattes à mes côtés, comme s'il était redevenu mon tout petit garçon. Il m'a avoué en chuchotant qu'Olpet lui faisait peur en chantant des chansons de la cité, et qu'il devait tout me dire même s'il avait promis de se taire.

Petrus et Olpet, dans leur quête de nourriture, ont découvert dans la forêt une butte carrée, de forme artificielle. Mon fils, mal à l'aise, n'avait pas envie de s'en approcher. Il n'a pas su m'expliquer pourquoi. Olpet, lui, était attiré. Jour après jour, il insistait pour y retourner. Quand Petrus rentrait tout seul, c'était parce qu'il avait laissé son ami explorer le tertre. À un moment, en sondant et en creusant, il a mis au jour un sentier qui s'enfonçait à l'intérieur. Les garçons y ont pénétré plusieurs fois depuis lors. Petrus décrit le monticule comme une tour ensevelie, quoique cela n'ait aucun sens pour moi. Il dit que les murs sont fissurés et que l'humidité suinte mais que pour le reste elle est solide. Il y a des tapisseries et des vieux meubles, certains en bon état, d'autres vermoulus, et d'autres signes témoignant que des gens l'ont habitée autrefois. Mais il a ajouté en tremblant qu'il ne s'agissait certainement pas de gens comme nous. D'après lui, c'est de là que provient la musique.

Il n'est descendu qu'au premier niveau mais Olpet a affirmé qu'on pouvait continuer plus bas. Petrus avait peur d'avancer dans le noir mais, par quelque magie, Olpet a illuminé la tour. Il s'est moqué de la poltronnerie de son ami, lui a raconté qu'il y avait d'immenses richesses et d'étranges objets dans les profondeurs de la tour. Il a prétendu que des spectres lui parlaient, lui révélaient leurs secrets, y compris l'emplacement de trésors. Puis il s'est mis à raconter qu'il avait jadis vécu dans la tour, il y a très longtemps, quand il était un vieillard.

Je n'ai pas attendu le matin. J'ai réveillé Éclaire qui, après avoir entendu l'histoire, a à son tour réveillé Olpet. Le garçon était furieux, il a dit d'une voix sifflante qu'il ne ferait plus jamais confiance à Petrus, que la tour était son secret, que les trésors lui appartenaient et qu'il n'était pas obligé de les partager. Alors qu'il faisait encore nuit noire, il s'est enfui, en courant le long des branches qui sont devenues des allées pour les enfants, et de là nous ne savons où.

Quand l'aube a filtré enfin à travers les frondaisons protectrices, Éclaire et moi avons suivi Petrus à travers la forêt jusqu'à sa tour-butte. Rouaud et Martinet nous ont accompagnées et le petit Carlmin a refusé de rester en arrière avec les filles d'Éclaire. Quand j'ai aperçu le monticule carré qui jaillissait des marécages, le courage m'a manqué. Néanmoins, je ne voulais pas que Rouaud me prît pour une poltronne et je me suis forcée à avancer.

Le faîte de la tour était tapissé d'une mousse épaisse et drapé de lianes mais la forme en était trop régulière pour s'amalgamer à la jungle. Sur un des flancs, les garçons avaient arraché plantes et mousse et dégagé une ouverture dans un mur de pierre. Rouaud a allumé la torche qu'il avait apportée et, l'un après l'autre, nous sommes prudemment descendus à l'intérieur. La végétation avait envahi la pièce de racines et de vrilles. Sur le sol encrassé, on distinguait les empreintes boueuses des garçons. Je soupçonne qu'ils ont exploré l'endroit depuis bien plus longtemps que Petrus ne l'avoue. Un cadre de lit festonné de lambeaux d'étoffe occupait un coin de la pièce. Les insectes et les souris les ont réduits en loques.

Malgré la semi-obscurité et le délabrement, on discernait encore des vestiges de beauté. J'ai saisi à pleines mains un morceau de rideau pourri et avec ce tampon de fortune j'ai frotté une frise, en soulevant un nuage de poussière. La stupéfaction a interrompu ma toux. Mon âme d'artiste est montée aux nues à la vue des exquises faïences aux nuances délicates que j'avais exposées. Mais mon cœur de mère s'est figé devant le spectacle qui s'offrait à nos yeux. Des silhouettes grandes et minces, des êtres humains représentés comme des insectes. Pourtant, je ne crois pas qu'il s'agisse d'une ingénieuse trouvaille d'artiste. Certains tenaient des sortes d'instruments de musique ou des armes, difficile de se faire une idée. Dans le fond, des ouvriers travaillaient à une parcelle plantée de roseaux près d'un cours d'eau, comme des paysans qui moissonnent un champ. Une femme assise sur un grand trône d'or dominait tout cela d'un air satisfait. Son visage était sévère et bienveillant à la fois ; j'eus le sentiment de l'avoir déjà vue. Je me serais bien attardée à examiner davantage mais Éclaire insistait pour qu'on parte à la recherche de son fils.

Avec une dureté que je ne ressentais pas, j'ai ordonné à Petrus de nous montrer l'endroit où ils avaient joué. Il a pâli en comprenant que j'avais deviné la vérité mais il nous a conduits. Nous avons quitté la chambre et descendu une volée de marches. Sur le palier, deux fenêtres étaient munies de verre épais mais, quand Rouaud a approché la torche, nous avons aperçu au travers de longs vers blancs qui fouaillaient l'humus détrempé. Comment le verre a-t-il résisté à la pression exercée par la terre, je l'ignore. Nous avons pénétré dans une vaste salle. Sous nos pieds les tapis humides s'effilochaient. Nous avons passé des encadrements de portes dont certaines étaient closes, d'autres voûtées, béant comme des gueules sombres, mais Petrus continuait à nous guider. Enfin, nous sommes parvenus en haut d'un escalier, beaucoup plus imposant que le premier. Tandis que nous descendions dans un puits de ténèbres, je me félicitai d'avoir Rouaud à mes côtés. Son calme stimulait mon piètre courage. Le froid séculaire de la pierre pénétrait mes souliers usés, se coulait le long de mes jambes jusqu'à mon échine comme s'il voulait atteindre mon cœur. Notre torche n'éclairait guère plus que nos visages inquiets, et nos murmures se perdaient en réveillant de sinistres échos. Nous avons passé un palier puis un second mais Petrus ne parlait ni ne flanchait et continuait à descendre. J'avais l'impression que j'étais entrée dans le gosier d'une bête gigantesque et que je progressais jusqu'à ses entrailles.

Quand enfin nous sommes parvenus en bas, notre torche ne put percer les ténèbres qui nous entouraient. La flamme vacillait sous le courant d'air d'une vaste pièce. Même dans l'obscurité, je devinais que la salle de bal du palais du Gouverneur aurait paru exiguë en comparaison. J'avançais lentement à tâtons mais Carlmin s'est mis soudain à marcher à grandes enjambées intrépides hors de ma portée et de la lumière de la torche. Je l'ai appelé mais je n'ai entendu, pour toute réponse, que le bruit de ses pas précipités. « Oh, suivez-le ! » ai-je supplié Rouaud, mais brusquement la salle s'est allumée comme si une horde de spectres avaient tout à coup dévoilé leurs lanternes. Je poussai un cri de terreur puis je fus frappée de mutisme.

Au centre de la salle, un grand dragon vert se tenait sur ses pattes postérieures. Ses griffes étaient enfoncées profondément dans la pierre et sa queue battante s'étalait à travers la moitié de la pièce. Ses ailes d'émeraude largement déployées soutenaient le plafond au-dessus. Sur son cou ondulant se dressait une tête de la taille d'un char à bœufs. L'intelligence étincelait dans ses yeux argentés. De ses membres inférieurs plus réduits, il étreignait l'anse d'un grand panier, tout enrubanné de nœuds de jade et de serpentins d'ivoire. Et dans le panier, étendue avec sérénité, une femme dotée d'une autorité surnaturelle. Elle n'était point belle ; la puissance qu'elle dégageait rendait la beauté superflue. Elle n'était pas non plus jeune ni désirable : c'était une femme d'âge mûr ; pourtant, les rides que le sculpteur avait gravées sur son front semblaient des sillons de sagesse et les pattes d'oie au coin des yeux des marques de réflexion. Au-dessus de ses sourcils étaient sertis des joyaux ainsi que sur ses pommettes pour figurer les écailles du dragon. C'était une représentation non dénuée d'expression de l'aspect féminin de Sâ. J'ai deviné, sans l'ombre d'un doute, que cette statue avait été sculptée pour rendre hommage à une femme réelle et j'en ai été profondément bouleversée. Le col souple du dragon se tordait vers elle, il la contemplait, et il n'était pas jusqu'à sa physionomie de reptile qui ne témoignât du respect qu'il lui portait.

Je n'avais jamais vu pareille figure de femme. Je connaissais les légendes qui parlaient de Reines Courtisanes et de souveraines mais je les avais toujours considérées comme des inventions de quelque contrée barbare et arriérée, de séductrices aux funestes intentions. Cette femme-ci faisait mentir les légendes. Durant un moment, je ne vis qu'elle. Puis je me ressaisis et repris conscience de mon devoir.

Le jeune Carlmin, tout sourires, se tenait à quelque distance de nous, la main appuyée à un panneau fixé à une colonne. Sa peau semblait de glace dans la lumière artificielle. Sa petite taille donnait l'échelle de l'immense salle et j'aperçus soudain tout ce que le dragon et la femme avaient caché à mes yeux.

La lumière flottait en pâles étoiles, en dragons volants au plafond. Elle rampait en lianes le long des murs, encadrant quatre chambranles de portes qui s'ouvraient sur de sombres couloirs. Des fontaines à sec et des statues fragmentaient l'espace sur le sol poussiéreux. C'était une grande place couverte, un endroit où les gens se rassemblaient pour bavarder ou flâner parmi les fontaines et les statues. De petites colonnes soutenaient des plantes volubiles aux feuilles de jade et aux fleurs de cornaline. Un poisson de pierre bondissant niait la vasque vide en dessous. Les tas de débris vermoulus qui jonchaient la salle indiquaient des structures de bois en ruine, des loges ou des estrades. Cependant, la poussière ni le délabrement ne parvenaient à oblitérer la beauté glaçante de ce lieu. L'échelle, les proportions harmonieuses me laissaient le souffle court et éveillaient en moi une admiration mêlée de révérence. Les constructeurs de cette place n'étaient pas de ceux qui se laissent mourir. Quel sort s'était donc abattu sur ce peuple dont la magie pouvait encore éclairer une pièce des années après sa disparition ? Le désastre qui les avait anéantis nous menaçait-il aussi ? De quelle nature était-il ? Où avaient-ils disparu ?

Avaient-ils vraiment disparu ?

Comme dans la chambre du haut, on avait l'impression que les gens étaient simplement partis en laissant tous leurs biens derrière eux. Les empreintes boueuses des garçons les trahissaient : ils étaient déjà venus ici. Et ces traces, pour la plupart, se dirigeaient vers une seule porte.

« Je ne m'étais pas rendu compte que c'était si grand. » La petite voix de Petrus sembla perçante dans la vastitude de la salle alors qu'il contemplait, tête levée, la dame et son dragon. Il en fit lentement le tour, les yeux rivés au plafond. « Nous avons dû prendre des torches, ici. Comment as-tu fait de la lumière, Carlmin ? » Petrus paraissait troublé par le savoir de son petit frère.

Mais Carlmin ne répondit pas. Il trottait avec enthousiasme dans la vaste pièce comme attiré par un jeu. « Carlmin ! » ai-je crié, et ma voix réveilla une multitude de voix fantômes. Médusée, je le vis disparaître sous une voûte, qui s'éclaira d'une lueur trouble, incertaine. J'ai couru après lui, suivie par les autres. Le temps que je traverse la place, j'étais hors d'haleine. Je le poursuivis dans un couloir poussiéreux.

Je pénétrai sur ses talons dans une pièce à peine éclairée, la lumière vacillait autour de moi. Mon fils s'assit au haut bout d'une longue table de convives vêtus de costumes exotiques. Il y avait des rires et de la musique. Alors j'ai cligné les yeux et j'ai aperçu des chaises vides qui s'alignaient de chaque côté de la table. Le festin s'était réduit à des dépôts figés au fond des verres de cristal et des assiettes, mais la musique continuait, étouffée et ralentie. Je la connaissais, je l'avais entendue dans mes rêves.

Carlmin déclara d'une voix caverneuse en levant son verre pour porter un toast : « À ma dame ! » Il sourit tendrement alors que son regard d'enfant croisait des yeux invisibles. Il allait porter le verre à ses lèvres quand je suis arrivée à sa hauteur, lui ai saisi le poignet, l'ai forcé à lâcher le verre, qui tomba et se brisa en mille morceaux dans la poussière.

Il me dévisageait sans me reconnaître. Il avait beau avoir grandi ces derniers temps, je l'ai soulevé et l'ai plaqué contre moi. Sa tête s'est affaissée sur mon épaule, il a fermé les yeux, tout tremblant. La musique s'est assourdie et éteinte. Rouaud m'a pris l'enfant des bras en disant d'un ton sévère : « Nous n'aurions pas dû lui permettre de venir avec nous. Plus tôt nous quitterons cet endroit et sa magie moribonde, mieux cela vaudra. » Il jeta un regard inquiet autour de lui. « Des pensées qui me sont étrangères me harcèlent, et j'entends des voix. J'ai l'impression de connaître ce lieu alors que je sais bien que non. Nous devrions laisser cette cité aux esprits qui la hantent. » Il paraissait avoir honte d'avouer sa peur mais j'ai été soulagée d'entendre l'un de nous l'exprimer à voix haute.

Alors Éclaire s'est écriée que nous ne pouvions laisser Olpet succomber à l'envoûtement qui avait subjugué Carlmin. Sâ me pardonne, je n'avais qu'une envie : prendre mes enfants et m'enfuir. Mais Rouaud, en portant mon fils et la torche, a ouvert le chemin. Son ami Martinet a brisé une chaise sur les dalles de pierre et a empoigné un des pieds en guise de gourdin. Personne ne lui a demandé à quoi pourrait bien servir un gourdin contre les filandres de souvenirs étrangers qui s'accrochaient à nos consciences. Petrus s'avança pour prendre la tête. Quand j'ai jeté un regard en arrière, les lumières de la pièce s'étaient éteintes en clignotant.

Nous avons traversé une salle puis descendu une nouvelle volée de marches qui débouchait sur une autre salle plus petite. Des statues étaient alignées dans des niches le long des murs, avec des chicots de chandelles noircis de poussière à leurs pieds. C'étaient des femmes pour la plupart, couronnées et magnifiées à l'instar de rois. Leurs robes sculptées serties de joyaux chatoyaient et des rangs de perles enserraient leur chevelure.

Une lumière surnaturelle, bleue et incertaine, vacillait sous la menace de complètes ténèbres et provoquait en moi un singulier engourdissement. Je croyais percevoir des murmures et, une fois, en frôlant un chambranle de porte, je distinguai le chant lointain de deux femmes. J'ai frissonné de peur et Rouaud s'est retourné comme si lui aussi les avait entendues. Nous ne parlions ni les uns ni les autres. Nous avons poursuivi notre chemin. Certains passages s'illuminaient à notre entrée. D'autres restaient obstinément obscurs et rendaient trompeuse la clarté défaillante de notre torche. Je ne sais pas ce qui m'impressionnait le plus.

Enfin, nous avons trouvé Olpet. Il était assis dans une petite pièce sur un siège richement sculpté devant une toilette d'homme. Tout autour s'éparpillaient les paillettes de la dorure qui s'était détachée du bois. Il se regardait dans un miroir piqué par le temps, semé de taches noires. Des peignes en nacre et la poignée d'une brosse encombraient la table devant lui. Un coffret était ouvert sur ses genoux et il avait plusieurs colliers passés autour du cou. La tête penchée sur le côté, il avait le regard perdu dans le vide. Il marmonnait pour lui-même. Alors que nous approchions, il a tendu la main vers un flacon et a fait mine de se tapoter le cou avec le parfum depuis longtemps éventé en faisant pivoter sa tête devant son reflet nébuleux. Il avait les manières affectées d'un grand seigneur à sa toilette.

« Arrête ! » siffla sa mère, horrifiée. Il ne sursauta pas et j'eus presque l'impression qu'ici c'étaient nous, les fantômes. Elle le saisit et le secoua. Il s'éveilla enfin, terrorisé. Il poussa un cri en la reconnaissant, jeta autour de lui des regards égarés puis s'évanouit. « Oh, aidez-moi à le sortir d'ici ! » supplia la pauvre Éclaire.

Martinet passa le bras d'Olpet par-dessus ses épaules et traîna presque le garçon tandis que nous filions. Les lumières s'éteignaient après notre passage comme si l'obscurité nous talonnait. Une fois, la musique éclata très fort autour de nous puis diminua avec la distance. Quand enfin nous avons escaladé la fenêtre pour nous retrouver à l'air libre, le marécage nous parut un havre de lumière et de fraîcheur. Je fus stupéfiée de constater qu'une grande partie de la journée s'était écoulée pendant que nous étions sous terre.

Carlmin revint rapidement à lui dans l'air frais. Martinet parla rudement à Olpet, le secoua, et celui-ci reprit conscience, furieux. Il se dégagea brutalement, et ne nous adressa pas une parole sensée. Tout à tour maussade ou provocateur, il a refusé d'expliquer pourquoi il s'était enfui vers la cité ou ce qu'il y avait fait. Il nia s'être évanoui. Il manifestait contre Petrus une rage froide et agrippait jalousement ses colliers. Ils étincelaient de gemmes de toutes les couleurs et, pourtant, je n'aurais pas plus supporté leur contact autour de mon cou que l'étreinte d'un serpent. « Ils sont à moi ! répétait-il. Ma maîtresse me les a donnés il y a longtemps. Personne ne me les prendra ! »

Il fallut toute la patience d'Éclaire et les ruses d'une mère pour persuader Olpet de rentrer avec nous. Il traînait les pieds de mauvaise grâce. Quand nous avons atteint les alentours du campement, le crépuscule se faisait nuit et les insectes se repaissaient de notre chair.

Les plates-formes bourdonnaient de voix animées comme une ruche qu'on a bousculée. Nous avons grimpé aux échelles et j'étais si épuisée que je ne pensais qu'à mon abri et à mon lit. Mais lorsque nous avons atteint la Grande Plate-Forme, des cris d'enthousiasme nous ont accueillis. Les explorateurs étaient revenus. À la vue de mon mari, maigre, barbu et dépenaillé, mais vivant, j'ai senti mon cœur bondir. Le petit Carlmin le regardait bouche bée, comme s'il était un étranger, mais Petrus se précipita pour le saluer. Rouaud m'a dit au revoir gravement et a disparu dans la foule.

Jathan n'a pas d'emblée reconnu son fils. Ensuite, il a levé les yeux et parcouru la foule du regard. J'ai fait un pas en avant, en tenant par la main le petit Carlmin. Je crois qu'il a fini par me remettre davantage à mon expression qu'à mon apparence. Il s'est approché lentement en disant : « Grâce à Sâ, Carillon, c'est toi ? Miséricorde. » Par quoi j'en déduis que mon aspect ne lui a pas plu. Et pourquoi cela devrait-il me blesser autant, je n'en sais rien, pourquoi me suis-je sentie honteuse quand il a pris ma main mais ne m'a pas embrassée ? Le petit Carlmin derrière moi dévisageait son père d'un air interdit.

À présent, je cesse de m'apitoyer avec complaisance sur moi-même et je vais résumer leur récit. Ils n'ont rien trouvé que les marais. Le fleuve du désert des Pluies est le drainage principal d'un vaste réseau de chenaux qui s'éparpillent à travers une large vallée jusqu'à la mer. L'eau coule sous terre comme à la surface. Point de terrain ferme, seulement des tourbières, des marécages et des bourbiers. Depuis leur départ, ils n'ont jamais vu nettement l'horizon. Sur les douze hommes que comprenait l'expédition, sept sont revenus. L'un s'est noyé dans des sables mouvants, un second a disparu une nuit, et les trois autres ont été terrassés par une fièvre. Ethe, le mari d'Éclaire, n'est pas rentré.

Ils n'ont pas été en mesure de dire s'ils avaient pénétré loin à l'intérieur des terres. Les arbres les ont empêchés de s'orienter sur les étoiles, ils ont dû tourner en rond car ils ont fini par se retrouver de nouveau au bord du fleuve.

Durant leur trajet de retour, ils ont rencontré les survivants du troisième navire. Ces derniers avaient été abandonnés en aval de l'endroit où nous-mêmes avons été débarqués. Leur capitaine a renoncé à sa mission quand il a vu une épave flotter devant son bâtiment. Il s'est montré plus clément que le nôtre car il a veillé à ce que la cargaison soit déchargée avec eux et il leur a même laissé une chaloupe. Néanmoins, leur vie était dure et ils étaient nombreux à vouloir rentrer au pays. L'heureuse nouvelle, inestimable, c'est qu'ils avaient encore quatre oiseaux voyageurs. Ils avaient lâché le premier en atteignant le rivage. Un autre avait été envoyé avec le récit de leurs épreuves, au bout d'un mois.

Nos explorateurs ont anéanti tous leurs espoirs. Ils ont décidé de renoncer à leurs tentatives d'installation. Sept de leurs hommes jeunes sont revenus avec nos éclaireurs pour nous aider à évacuer le campement. Quand nous serons tous réunis, ils dépêcheront un oiseau à Jamaillia en suppliant qu'on vienne nous secourir. Puis nous descendrons le fleuve jusqu'à la mer, avec l'espoir d'un sauvetage.

Quand Éclaire, Rouaud et moi sommes rentrés de la cité, notre compagnie était en train de discuter, prédisant avec aigreur qu'aucun navire ne nous serait envoyé. Ce qui ne les empêchait nullement de plier bagage. C'est alors qu'Éclaire est apparue avec son fils couvert de bijoux. Tandis qu'elle tâchait de raconter son histoire à une foule trop nombreuse pour l'écouter, une bagarre faillit éclater. Certains voulaient se rendre sur-le-champ à la tour ensevelie, malgré la nuit qui tombait. Les autres réclamaient de palper les joyaux et, comme le jeune Olpet refusait que quiconque y touchât, cela a provoqué une mêlée. Le garçon s'est dégagé et, en sautant par-dessus la plate-forme, il est passé d'une branche à l'autre comme un singe, jusqu'à ce que sa silhouette se fondît dans le noir. J'espère qu'il est sain et sauf à l'heure qu'il est mais je crains bien que la folie n'ait eu raison de lui.

Une folie d'une autre sorte s'est emparée des nôtres. Je me pelotonne dans mon abri avec mes deux fils. Au-dehors, sur les plates-formes, la nuit résonne de cris. J'entends des femmes supplier de partir et des hommes leur répondre : « Mais oui, mais oui, on va partir mais d'abord on va voir quel trésor renferme la cité. » Un oiseau avec une pierre précieuse attachée à la patte nous amènera rapidement un navire, disent-ils en riant. Ils ont les yeux brillants et le verbe haut.

Mon mari n'est pas avec moi. En dépit de notre longue séparation, il est au cœur de ces querelles au lieu de rejoindre sa femme et ses fils. A-t-il même remarqué que je ne suis plus grosse mais que mes bras sont vides ? J'en doute.

J'ignore où sont allées Éclaire et ses filles. Quand elle a constaté l'absence d'Ethe, elle a été anéantie. Son mari est mort et Olpet est peut-être perdu, ou pire. J'ai peur pour elle et je partage son chagrin. Je croyais que le retour des hommes me remplirait de joie. Maintenant, je ne sais pas ce que je ressens. Mais je sais que ce n'est ni joie ni soulagement.

7e jour ou 8e de la Lune d'Or
L'an quatorze du Gouverneur Esclépius

Il s'est approché de moi dans le noir, au milieu de la nuit, et malgré mon cœur douloureux et nos deux fils endormis à proximité, je l'ai laissé faire ce qu'il voulait. Une partie de moi avait faim de douces caresses ; l'autre partie se moquait, car il n'est venu que lorsque ses autres affaires plus pressantes ont été réglées. Il a à peine parlé et pris son plaisir dans l'obscurité. Puis-je l'en blâmer ? Je sais que je n'ai plus que la peau sur les os, mon teint est gâté et mes cheveux secs comme de la paille. L'éruption qui afflige les enfants rampe à présent comme un serpent le long de mon échine. J'ai redouté qu'il l'effleure, surtout parce que cela m'aurait rappelé sa présence, mais il n'en a rien été. Il n'a pas perdu de temps en caresses. J'ai regardé au-delà de son épaule, dans le noir, et n'ai pas pensé à lui mais à Rouaud, le simple marin qui parle avec l'accent des débardeurs.

Que suis-je devenue ici ?

Après-midi

Ainsi, me voici donc de nouveau l'épouse de sire Jathan Rochecarre, il est maître de ma vie. Il a scellé notre destin. Olpet a disparu, Rouaud et Martinet sont introuvables, et Jathan a déclaré que la découverte par son fils de la cité ensevelie lui conférait le droit de s'approprier tous les trésors qu'elle contenait. Petrus va le conduire avec les autres à la tour. Ils vont la fouiller méthodiquement et les richesses récoltées rachèteront notre retour en grâce auprès du Gouverneur. Il se rengorge en claironnant que c'est Petrus qui a repéré la tour et que, par conséquent, les Rochecarre méritent la plus grande part du butin. Il n'est point troublé par la disparition d'Olpet ni par l'angoisse d'Éclaire et de ses filles. Il ne parle que du glorieux retour au monde que va nous assurer le trésor. Il semble oublier les lieues de marais et la mer qui nous séparent de Jamaillia.

Je l'ai averti que la cité était un endroit dangereux et qu'il ne devrait pas s'y aventurer en ne pensant qu'au butin. Je l'ai mis en garde contre sa magie pernicieuse, contre les lumières qui brillent et s'éteignent, contre les voix et la musique mais il dédaigne mes avis comme sortant de « l'imagination échauffée d'une femme ». Il m'enjoint de demeurer ici, en sûreté dans mon « petit nid de singe » jusqu'à son retour. Alors j'ai parlé sans détours. Le groupe n'a ni les provisions ni la force nécessaires pour effectuer le trajet jusqu'à la côte. À moins d'une meilleure préparation, nous allons mourir en chemin, trésor ou pas. Je crois que nous devrions rester ici jusqu'à ce que nous soyons convenablement organisés ou jusqu'à l'arrivée d'un navire. Point n'est besoin de nous tenir pour battus. Nous pouvons réussir si nous mettons tous nos hommes à la recherche de nourriture et trouvons un moyen de recueillir l'eau de pluie. Notre cité dans les arbres peut devenir belle et harmonieuse. Il a secoué la tête comme si j'étais une enfant débitant des niaiseries sur les fées dans une charmille fleurie. « Toujours plongée dans ton art, a-t-il dit. Même en haillons et affamée, tu es incapable de voir la réalité. » Et il a ajouté qu'il admirait ce que j'avais fait durant son absence mais qu'il était de retour et que c'était lui, désormais, qui prenait en charge la famille.

J'ai eu envie de lui cracher au visage.

Petrus ne voulait pas guider les hommes. Il croit que la tour a pris Olpet et que nous ne le reverrons jamais. Il parle de la cité souterraine avec effroi. Carlmin a dit à son père qu'il n'était jamais allé dans une cité ensevelie, puis il s'est assis et s'est mis à sucer son pouce, ce qu'il n'a pas fait depuis l'âge de deux ans.

Quand Petrus a essayé de mettre Jathan en garde, celui-ci a ri en protestant : « Je ne suis plus le noble amolli qui a quitté Jamaillia. Les lutins de ta nigaude de mère ne me font pas peur. » Quand je lui ai rétorqué sèchement que moi aussi j'avais changé, que je n'étais plus la femme qu'il avait laissée se battre seule dans une contrée sauvage, il a répondu avec raideur qu'il ne le voyait que trop clairement, et qu'il espérait seulement que le retour à la civilisation me rappellerait au sens des convenances. Puis il a forcé Petrus à les guider vers les ruines.

Tout l'or du monde ne me persuaderait pas de retourner là-bas, même s'il y avait des diamants jonchant le sol, des rangs de perles se balançant au plafond. Je n'ai pas imaginé le danger, et je hais Jathan d'avoir traîné Petrus là-bas.

Je vais passer la journée avec Martha. Son mari est rentré sain et sauf, mais il l'a quittée aussitôt pour la chasse au trésor. Au contraire de moi, elle est ravie de ses projets, et dit qu'il va leur permettre de retrouver le monde et la fortune. J'ai grand peine à écouter de telles absurdités. « Mon bébé va grandir dans la cité bénie de Sâ », affirme-t-elle. La femme est mince comme un fil, et son ventre ressemble à un nœud.

8ᵉ jour ou 9ᵉ de la Lune d'Or
L'an quatorze du Gouverneur Esclépius

Une date ridicule pour nous. Ici, il n'y aura pas de lune de la moisson dorée et le Gouverneur ne m'est plus rien, désormais.

Hier, Petrus les a menés jusqu'à la fenêtre de la tour mais s'est sauvé lorsque les hommes y ont pénétré, peu soucieux des cris furieux de son père. Il m'est revenu, pâle et tremblant. Il dit que les chants de la tour sont devenus si forts qu'il ne peut plus s'entendre penser quand il s'en approche. Parfois, dans les couloirs de pierre noire, il a entrevu des gens étranges, qui apparaissent et disparaissent par intermittence, comme leurs lumières vacillantes.

Je l'ai fait taire car ses paroles bouleversaient Martha. Faisant fi des projets de Jathan, j'ai passé la journée d'hier à me préparer pour l'hiver. J'ai couvert d'une deuxième couche de chaume le toit de nos deux huttes suspendues, en utilisant de larges feuilles entremêlées de lianes. Je crois que nos abris, surtout les maisonnettes et les petits ponts qui les relient à la Grande Plate-Forme, vont exiger d'être renforcés contre les vents d'hiver et la pluie. Martha ne m'a pas été d'un grand secours. Sa grossesse la rend gauche et apathique mais le véritable souci, c'est qu'elle croit à notre retour prochain à Jamaillia. La plupart des femmes, désormais, ne font qu'attendre le départ.

Plusieurs chasseurs de trésor sont rentrés, hier soir, avec des histoires de cité ensevelie. Elle est très différente de Jamaillia, sillonnée de passages reliés entre eux comme dans un labyrinthe. Peut-être certaines parties ont-elles toujours été souterraines, car les salles inférieures sont dépourvues de portes et de fenêtres. Les niveaux supérieurs des bâtiments étaient consacrés aux habitations et aux cours privées tandis que les niveaux inférieurs paraissent avoir abrité des boutiques, des entrepôts et des marchés. Du côté du fleuve, une partie de la cité s'est effondrée. Dans certaines salles, les murs sont humides et la pourriture a fait son œuvre sur les ameublements mais d'autres ont résisté au temps et des tapis, des tapisseries, des vêtements se sont conservés. Les hommes ont rapporté des plats, des sièges, des tapis et des bijoux, des statues et des outils. L'un d'eux portait une cape douce et souple qui miroitait comme de l'eau. Dans un entrepôt, ils ont découvert des amphores scellées d'un vin doré, si fort qu'il a enivré les hommes presque sur-le-champ. Ils sont rentrés en riant, l'haleine empestant l'alcool, nous invitant à nous rendre tous à la cité et à fêter en buvant la fortune qui nous était échue. Dans leurs yeux brillait une étincelle de sauvagerie que je n'ai pas aimée.

Certains sont revenus comme hantés, la mine défaite, refusant de parler de ce qu'ils avaient vu. Ceux-là ont projeté de partir demain à l'aube, de descendre le long du fleuve et d'y rejoindre les autres.

Jathan n'est pas rentré.

Ceux qui sont obsédés par le pillage parlent haut, ivres de vin vieux et de rêves extravagants. Déjà, ils amassent leur magot. Deux hommes sont revenus meurtris, ils s'étaient battus pour un vase. Où la cupidité va-t-elle nous mener ? Je me sens seule, avec mes lugubres pensées.

Cette cité n'est pas un territoire conquis qu'il faut mettre à sac mais plutôt un temple déserté qu'on devrait traiter avec le respect dû à un dieu inconnu. Les dieux ne sont-ils pas tous une facette de la présence de Sâ ? Mais ces mots me viennent trop tard aux lèvres. On ne m'écouterait plus. J'ai le terrible pressentiment que cette frénésie de pillage aura des conséquences.

Mon campement dans les arbres était presque désert aujourd'hui. La plupart de nos compagnons ont été contaminés par la fièvre du trésor et sont descendus sous terre. Seuls les invalides et les femmes avec les petits enfants sont restés dans notre village. En regardant autour de moi, je suis envahie de tristesse car je vois la mort de mes rêves. Deviendrais-je plus éloquente, plus dramatique plus poétique que je ne l'aurais pensé jadis ? Non. Je dirai simplement que j'ai sombré dans la déception. Et j'en suis stupéfiée.

Il m'est pénible d'affronter mes regrets. J'hésite à les confier au papier car les mots demeurent et m'accuseront plus tard. Mais l'art est par essence honnêteté et je suis artiste avant d'être épouse, mère ou même femme. Alors, je vais écrire. Certes, il y a un homme que je préférerais à mon mari. Je l'avoue volontiers. Peu m'importe que Rouaud soit un simple marin, de sept ans mon cadet, sans éducation ni naissance. Ce n'est pas ce qu'il est mais qui il est qui me porte vers lui. Je l'accueillerais ce soir dans mon lit si je le pouvais sans mettre en péril l'avenir de mes fils. Cela, je l'écris avec netteté. Quelle honte y a-t-il à reconnaître que sa considération m'est plus précieuse que celle de mon mari, puisque ce dernier a clairement montré qu'il accorde plus de valeur à la considération des membres de la compagnie qu'à l'amour de sa femme ?

Non. Ce qui me ronge le cœur aujourd'hui, c'est que la réapparition de mon mari, la découverte du trésor dans la cité ensevelie et les discours sur le retour à Jamaillia démolissent la vie que je m'étais construite ici. C'est cela qui m'afflige. C'est difficile à envisager. Ai-je donc changé à ce point ? Et quand ? Cette vie est dure, éprouvante. La beauté de ce pays est la beauté du serpent au soleil. Elle menace autant qu'elle attire. Je m'imagine que je peux la dominer en lui vouant le plus profond respect. Sans en avoir conscience, j'ai commencé à m'enorgueillir de mon aptitude à survivre et à dompter quelque peu de sa sauvagerie. Et j'ai montré aux autres comment s'y prendre. J'ai accompli des choses ici, et des choses d'importance.

Désormais, tout cela sera perdu. Je redeviens l'épouse de sire Rochecarre. On taxera ma prévoyance de sotte frayeur de femme, et de lubie l'ambition que je nourrissais de construire une belle demeure dans les arbres.

Peut-être aurait-il raison. Non, je sais qu'il a raison. Mais d'une certaine façon, je ne me soucie plus, maintenant, de ce qui est juste et sage. J'ai laissé la vie où je créais pour qu'on m'admire. Désormais, mon art, c'est ma manière de vivre et c'est cela qui me soutient chaque jour.

Je ne crois pas pouvoir écarter cela. Qu'il me faille abandonner tout ce que j'ai commencé ici m'est insupportable. Et pour quoi ? Retourner dans son monde à lui, où je ne compte pas davantage qu'un charmant oiseau dans une cage dorée.

Aujourd'hui, en présence de Martha, Éclaire est venue demander à Petrus de l'aider à chercher Olpet. Mon fils n'a pas voulu la regarder. Elle s'est mise à implorer et il s'est bouché les oreilles. Elle l'a harcelé jusqu'à ce qu'il commence à pleurer, en effrayant Carlmin. Éclaire a crié comme une folle, accusant Petrus d'être indifférent au sort de son ami, de ne s'intéresser qu'aux richesses de la cité. Elle a levé la main comme pour le frapper, je me suis précipitée et l'ai repoussée. Elle est tombée et ses filles l'ont remise sur pied puis l'ont entraînée en la suppliant de rentrer. Quand je me suis retournée, Martha avait disparu.

Je suis assise sur la branche au-dessus de ma hutte alors que les garçons dorment à l'intérieur, ce soir. J'ai honte. Mais mes fils sont tout ce que j'ai. Est-ce mal de vouloir les protéger ? À quoi servirait de sacrifier mes garçons pour sauver le sien ? Cela n'aboutirait qu'à les perdre tous.

5e jour de la Cité
L'an premier du désert des Pluies

Je crains fort que nous n'ayons traversé toutes ces épreuves et ces tribulations que pour périr par notre cupidité. La nuit dernière, trois hommes sont morts dans la cité. Personne ne veut dire de quelle façon ; on a simplement ramené les corps intacts. Certains parlent de folie, d'autres de magie noire. À la suite de cet événement sinistre, dix-sept hommes se sont réunis en bande et nous ont dit au revoir. Nous leur avons donné des cordes, des nattes tressées et tout ce dont nous pouvions nous passer, puis nous leur avons souhaité bonne chance. J'espère qu'ils atteindront l'autre campement sans encombre et qu'un jour, à Jamaillia, on aura vent de ce qui nous est advenu ici. Martha les a suppliés de dire aux autres qu'ils attendent un jour ou deux avant de partir pour la côte, bientôt son mari l'emmènerait les rejoindre.

Je n'ai pas revu Rouaud depuis le retour de mon mari. Je ne pensais pas qu'il irait à la chasse au trésor, mais il doit en être ainsi. Je me suis habituée à vivre sans Jathan. Je n'ai aucun droit sur Rouaud et pourtant des deux c'est lui qui me manque le plus cruellement.

J'ai rendu visite à Martha. Elle est plus pâle encore et souffre à son tour de l'éruption. Sa peau est aussi sèche que celle d'un lézard. Elle est malheureuse avec son gros ventre. Elle tient des propos insensés sur son mari qui va acquérir une immense fortune dont elle pourra faire étalage aux yeux de ceux qui nous ont bannis. Elle s'imagine que, dès l'arrivée de l'oiseau messager à Jamaillia, le Gouverneur va envoyer un vaisseau rapide pour nous ramener tous à la ville où son enfant naîtra dans l'abondance et la sécurité. Son mari est rentré brièvement de la cité pour lui apporter un petit coffret à bijoux. Ses cheveux ternes sont tressés de joyaux et des bracelets étincelants pendent à ses frêles poignets. Je l'évite de crainte de la traiter de sotte. Elle n'est point sotte, en réalité, sinon qu'elle espère au-delà de tout espoir. Je hais cette fortune que nous ne pouvons ni boire ni manger car elle est devenue le centre d'intérêt général, et ils jeûnent volontiers pourvu qu'ils en amassent toujours davantage.

Le reste de notre compagnie s'est divisé en plusieurs factions. Les hommes ont noué des alliances et ont partagé la cité en territoires qu'ils se sont appropriés. Ils ont commencé à se quereller sur leurs monceaux de trésors, chacun accusant l'autre de chapardage. Bientôt, des associations se sont créées, certains montant la garde près du magot tandis que les autres mettaient la cité à sac. Maintenant, ils vont jusqu'à s'armer de gourdins et de couteaux, postent des sentinelles pour garder les galeries qu'ils ont accaparées. Mais la cité est un labyrinthe, elle est sillonnée de multiples voies. Les hommes se battent pour le butin.

Mes fils et moi restons ici, à la Grande Plate-Forme, avec les invalides, les vieillards, les très jeunes et les femmes enceintes. Nous formons nous aussi des alliances car, tandis que les hommes sont occupés à se voler les uns les autres, la quête de nourriture est négligée. Les archers qui chassaient pour nous procurer de la viande à présent chassent les trésors. Les hommes qui tendaient des collets pour les lapins des marais dressent des pièges pour leurs semblables. Jathan est rentré à la hutte, a dévoré tout ce qui restait de nos provisions puis il est reparti. Il a ri de ma colère, en déclarant que je me tracassais pour des racines et des graines alors qu'il y avait des pierres précieuses et des pièces d'or à moissonner. J'ai été contente qu'il regagne la cité. Puisse-t-elle l'engloutir ! La nourriture que je déniche désormais, je la donne immédiatement aux garçons ou je la mange moi-même. Et si je peux imaginer une bonne cachette, j'y serrerai mes provisions.

Petrus, interdit de cité, a repris sa collecte de nourriture avec profit. Aujourd'hui, il est revenu avec des roseaux comme ceux récoltés par les paysans de la mosaïque. Il m'a fait remarquer que les gens ne les auraient pas cultivés s'ils n'en avaient pas eu l'usage et que nous devions découvrir à quoi ils servaient. Je fus bien plus troublée quand il assura se rappeler que c'était précisément la saison de leur récolte. Je lui ai opposé qu'il ne pouvait pas se souvenir de cela mais il a secoué la tête et marmonné quelque chose à propos de ses « souvenirs de la cité ».

J'espère que l'influence de ce lieu étrange va se dissiper avec le temps.

L'éruption de Carlmin a empiré, elle s'étend sur ses joues et ses sourcils. J'ai étalé un emplâtre dessus en espérant l'atténuer. Mon fils cadet m'a à peine adressé un mot aujourd'hui, et je devine en tremblant ce qui occupe ses pensées.

Ma vie n'est qu'attente. À tout moment, mon mari peut rentrer en annonçant qu'il est temps de se mettre en route pour descendre le long du fleuve. À quoi bon construire quelque chose de durable quand je sais que nous l'abandonnerons bientôt ?

Olpet reste introuvable. Petrus se reproche sa disparition. Éclaire est folle de chagrin. Je l'observe à distance car elle ne m'adresse plus la parole. Elle demande des nouvelles de son fils à tous ceux qui rentrent. La plupart la repoussent, les autres s'emportent contre elle. Je sais ce qu'elle redoute car je le redoute, moi aussi. Je crois qu'Olpet est retourné à la cité. Il se sentait propriétaire de ses trésors mais, sans père et de pauvre naissance, qui va prêter l'oreille à ses réclamations ? Iraient-ils jusqu'à tuer le gamin ? Je donnerais cher pour ne pas éprouver un tel sentiment de culpabilité. Que puis-je faire ? Rien. Pourquoi, alors, est-ce que je me sens si mal ? À quoi servirait de mettre en danger Petrus en lui demandant de retourner à la cité ? N'est-il pas assez tragique qu'un garçon ait disparu ?

8ᵉ jour de la Cité
L'an premier du désert des Pluies

Jathan est rentré vers midi aujourd'hui, chargé d'un panier plein de bijoux et d'ornements, de petits outils faits d'un métal inconnu, et d'une bourse tissée de fils métalliques et remplie de monnaies à la frappe étrange. Son visage était meurtri. Il a déclaré avec brusquerie que cela suffisait, que cette cupidité était absurde. Il a annoncé que nous allions rattraper ceux qui étaient déjà partis. Il a reconnu que la cité ne présentait aucun intérêt pour nous et qu'il serait plus sage de fuir avec ce qu'il avait plutôt qu'essayer d'en amasser davantage et mourir sur place.

Il n'avait pas mangé depuis qu'il nous avait quittés. Je lui ai préparé une infusion d'écorce aromatique, une bouillie de racines de lis et l'ai poussé à me raconter ce qu'il se passait dans le souterrain. D'abord, il n'a parlé que de nos compagnons ; il les a accusés avec amertume de tromperie et de trahison. Ils en sont venus à verser le sang pour le trésor. Je suppose qu'on a dû chasser Jathan. Mais il y a pire. Des parties de la cité s'effondrent. On a enfoncé des portes, ce qui a eu des conséquences désastreuses. Certaines n'étaient pas verrouillées mais elles étaient bloquées par des monceaux de terre. À présent, la fange s'en écoule lentement en inondant peu à peu les galeries dont plusieurs sont déjà impraticables ; mais les hommes, faisant fi du danger, tentent de sauver les objets précieux avant qu'ils ne soient engloutis à jamais. Le flot de boue paraît affaiblir l'antique magie. Nombre de salles sont plongées dans l'obscurité. Les lumières brillent et s'éteignent. La musique éclate soudain puis diminue jusqu'au murmure.

Quand je lui ai demandé s'il avait eu peur, il m'a répondu, furieux, de me taire et de ne pas oublier le respect que je lui dois. Il s'est défendu d'avoir fui. D'après lui, il est évident que la cité va s'écrouler sous la pression des marécages et il n'a aucune envie de mourir là-dessous. Je ne crois pas qu'il ait tout dit mais je suis contente, j'imagine, de constater qu'il a été assez sensé pour s'en aller. Il m'a ordonné de préparer les enfants pour le voyage et de rassembler toute la nourriture dont nous disposions.

De mauvais gré, j'ai commencé à m'exécuter. Petrus, qui paraissait soulagé, s'est précipité pour aider. Carlmin, silencieux, enlevait son emplâtre en se grattant. Je me suis empressée de lui en appliquer un nouveau. Je ne voulais pas que Jathan voie les écailles cuivrées apparues sur la peau de son fils. Plus tôt, j'avais tenté de les retirer, mais il crie quand je le touche et la chair dessous est à vif. On dirait qu'il lui pousse des écailles de poisson. J'essaie de ne pas penser à l'éruption au bas de mon dos. J'écris à la hâte, puis j'envelopperai bien ce petit livre et l'ajouterai au panier que je porterai. Je n'ai pas grand-chose d'autre de précieux à y mettre.

Je regrette amèrement de devoir quitter ce que j'ai construit mais comment ignorer le soulagement que j'ai lu dans les yeux de Petrus à l'annonce de notre départ ? Si seulement nous ne nous étions pas aventurés dans cette cité ! Sans cet endroit maudit, peut-être aurions-nous pu rester ici et y établir notre foyer. Je redoute notre voyage mais la chose est sans remède. Et si nous éloignons Carlmin d'ici, peut-être va-t-il retrouver la parole.

Plus tard

Je vais écrire rapidement puis j'emporterai mon journal avec moi à la cité. Si d'aventure l'on retrouve mon corps, il se peut qu'une âme bienveillante rapporte ce livre à Jamaillia, ce qui permettra à mes parents de savoir ce qu'est devenue Carillon Valjine et où elle a fini ses jours. Mais il est plus probable que je resterai à jamais ensevelie dans la fange, au cœur de la cité.

J'avais achevé notre bagage quand Éclaire s'est approchée de moi en compagnie de Martinet. L'homme était hâve, encroûté de boue. Il avait fini par découvrir Olpet mais le garçon n'a plus sa raison. Il s'est barricadé derrière une porte et refuse de sortir. Durant tout ce temps, Rouaud et Martinet ont fouillé la cité à sa recherche. Le marin est resté à la porte en essayant de la dégager de la fange qui filtre sans répit et remplit la galerie. Martinet ne sait pas combien de temps il pourra tenir ainsi. Rouaud pense que mon fils peut persuader son ami d'ouvrir la porte. Ensemble, Martinet et Éclaire sont venus nous supplier d'accepter.

J'ai été incapable d'ignorer plus longtemps le désespoir de mon amie et j'ai eu honte d'avoir tant tardé. J'ai plaidé auprès de Jathan pour que nous nous rendions directement à l'endroit où se trouve le garçon ; après l'avoir persuadé de sortir, nous partirions tous ensemble. J'ai même essayé d'emporter sa décision en ajoutant qu'il valait mieux être plus nombreux pour affronter le désert des Pluies que seuls avec nos fils.

Il n'a même pas jugé bon de me prendre à part ni de baisser le ton en me répondant : pourquoi irait-il risquer la vie de son héritier pour sauver un fils de blanchisseuse, dont on n'aurait pas même voulu comme servante à Jamaillia ? Il m'a reproché d'avoir laissé Petrus s'attacher à un gamin de si basse extraction puis, d'une voix sonore, il a ajouté que je me trompais fort si je le croyais stupide, il savait à quoi s'en tenir au sujet de Rouaud. Il a alors proféré des propos ignobles : j'étais une catin, j'avais pris un homme du peuple dans mon lit, une traîtresse car j'avais apporté mon soutien à une canaille de matelot qui s'arrogeait le commandement de la compagnie, commandement qui revenait de droit à un seigneur.

Je ne rapporterai pas la suite de ses odieuses accusations. En vérité, je ne comprends pas qu'il ait encore le pouvoir de me faire pleurer. À la fin, je l'ai bravé. Quand il a dit que je devais le suivre, maintenant ou jamais, je lui ai répondu : « Jamais. Je reste pour aider mon amie, car peu m'importe ce qu'elle faisait avant, ici, c'est mon amie. »

Mais j'ai payé le prix de ma décision : Jathan a emmené mon fils avec lui. Bien que déchiré, Petrus a tout de même souhaité partir avec son père. Je ne le lui reproche pas. Jathan a laissé Carlmin en décrétant que mon manque de discernement en avait fait un imbécile et un avorton. Carlmin avait gratté l'emplâtre, dévoilant ainsi les écailles qui soulignent ses pommettes et ses sourcils. Mon petit garçon n'a même pas bronché aux paroles de son père. Il n'a eu aucune réaction. J'ai embrassé Petrus, lui ai promis que je le rejoindrais dès que possible. J'espère pouvoir tenir ma promesse. Jathan et Petrus ont pris ce qu'ils pouvaient emporter de vivres. Quand Carlmin et moi les suivrons, il ne nous restera plus grand-chose.

Maintenant, je vais envelopper ce petit livre et le glisser ainsi que plume et encrier dans le panier qu'ils m'ont laissé avec le nécessaire pour confectionner des torches et allumer du feu. Qui sait quand je pourrai y écrire de nouveau ? Si vous lisez ces lignes, mes parents, sachez que je vous ai aimés jusqu'à l'heure de ma mort.

9ᵉ jour de la Cité, je crois
L'an premier du désert des Pluies

Combien sotte et mélodramatique me paraît à présent ma dernière entrée !

Je griffonne ceci à la hâte avant que la lumière ne me fasse défaut. Mes amis m'attendent patiemment, même si Éclaire juge insensée mon obstination à écrire.

Moins de dix jours se sont écoulés depuis que j'ai vu cette cité pour la première fois mais elle s'est considérablement détériorée. On avait visiblement beaucoup piétiné et, quand nous sommes entrés, j'ai pu constater partout les déprédations commises par les chasseurs de trésor. Comme des gamins furieux, ils ont détruit ce dont ils ne pouvaient s'emparer, arrachant des fragments de mosaïque, brisant les membres des statues trop lourdes pour être emportées et brûlant de beaux meubles pour faire du feu. Aussi inquiétante que soit cette cité, je déplore de la voir ainsi pillée et ravagée. Elle a résisté au marécage pendant des années pour succomber à notre cupidité.

Sa magie s'évapore. La salle n'est plus éclairée qu'en partie. Les dragons du plafond se sont éteints. La grande statue de la femme au dragon a été martelée. Le jade et l'ivoire de son panier sont demeurés hors de portée des pilleurs. Le reste du pavillon n'a pas été épargné. La fontaine au poisson a été comblée par un amas d'objets précieux. Planté sur son magot, un couteau dans une main et un gourdin dans l'autre, un homme nous a crié qu'il tuerait les voleurs qui s'approcheraient. À voir sa mine farouche, nous n'en avons pas douté. J'ai eu honte pour lui, et j'ai détourné les yeux quand nous sommes passés précipitamment. Des feux brûlaient dans la salle, avec des gardes près de chaque tas. Au loin, nous entendions des voix et parfois des cris de menace et des coups de marteau. J'ai entrevu quatre hommes qui montaient l'escalier, lourdement chargés de sacs de butin.

Martinet a allumé une torche à un foyer abandonné. Nous avons quitté la salle par le même chemin que précédemment. Carlmin, muet depuis le matin, a commencé à fredonner une mélodie étrange, décousue, qui m'a fait dresser les cheveux sur la nuque. J'ouvrais la marche avec lui, Éclaire sur nos talons avec ses deux filles qui pleuraient en silence en se tenant par la main dans la semi-obscurité.

Nous sommes passés devant une porte défoncée. De l'eau épaissie de boue filtrait de la pièce. J'ai jeté un coup d'œil à l'intérieur ; la boue s'écoulait par une large fissure dans le mur du fond et emplissait la moitié de la salle. Pourtant, quelqu'un était entré là pour fouiller. Les peintures moisies avaient été arrachées des murs et abandonnées dans la fange montante. Nous avons pressé le pas et poursuivi notre chemin.

À un croisement de galeries, nous avons vu la coulée de boue progresser lentement et entendu un sourd grondement au loin, comme si des poutres cédaient peu à peu. Néanmoins, un garde en faction qui se trouvait là nous a avertis que tout ce qui était entassé lui appartenait ainsi qu'à ses amis. Ses yeux luisaient comme ceux d'une bête féroce. Nous l'avons assuré que nous étions à la recherche d'un enfant et avons passé notre chemin. Les coups de marteau se sont mis à résonner et nous avons supposé que ses amis enfonçaient une nouvelle porte.

« Il faut se dépêcher, a déclaré Martinet. Qui sait ce qu'il y aura derrière ? Ils ne partiront pas d'ici avant que le fleuve n'ait pénétré. J'ai laissé Rouaud devant la porte d'Olpet. On craignait que les autres arrivent et s'imaginent qu'il garde un trésor. »

« Je veux seulement retrouver mon fils. Alors je serai trop contente de quitter cet endroit », a dit Éclaire. C'est ce que nous espérons tous.

J'ai peine à relater en détail tous les incidents dont nous avons été témoins car la lumière vacille. Nous avons vu des hommes traîner des charges qu'ils seront incapables de porter dans les marais. Nous avons été attaqués par une femme aux yeux fous qui hurlait : « Au voleur ! Au voleur ! » Je l'ai poussée, elle est tombée et nous avons pris la fuite. D'abord l'humidité puis l'eau sourdaient du sol, la boue, enfin, aspirait nos pieds. Nous sommes passés devant la petite pièce où nous avions découvert Olpet, la première fois. Elle est dévastée, à présent, la jolie toilette fracassée. Martinet nous a fait longer un couloir que je n'aurais pas remarqué, et descendre un escalier étroit. J'ai senti les remugles de l'eau stagnante. J'essayais de ne pas penser à la terre détrempée qui pressait de toutes parts tandis que nous dévalions une autre volée de marches et débouchions dans une vaste salle. Les portes devant lesquelles nous passions étaient en métal. Certaines avaient été martelées mais elles avaient résisté aux assauts des chercheurs de trésor.

À un carrefour, nous avons entendu un distant coup de tonnerre et des hurlements de terreur. Les veines de lumière surnaturelle sur les murs ont vacillé et se sont éteintes. Un moment après, des hommes nous ont croisés au galop, en fuyant dans la direction que nous venions d'emprunter, suivis d'un bouillonnement d'eau qui noya nos chevilles avant de baisser en s'étalant. Puis on entendit un sinistre grondement. « Venez ! » ordonna Martinet, et nous avons continué, tout en sachant que, loin de fuir le danger, nous nous précipitions tout droit dans la gueule du loup.

Le couloir fit deux coudes et la pierre des parois changea : les énormes blocs gris avaient fait place à une roche noire et lisse, veinée d'argent. Nous avons descendu un long escalier aux marches basses et, soudain, le passage s'élargit, le plafond s'éleva comme si nous avions quitté le quartier des serviteurs pour pénétrer dans le territoire des privilégiés. Les niches étaient dépouillées de leurs statues. J'ai glissé sur le sol humide. Alors que je posai ma main sur le mur pour me rattraper, j'entrevis soudain des gens qui grouillaient autour de nous. Leur mise et leur démarche étaient étranges. C'était un jour de marché, éclatant de lumière et de bruit, embaumant le pain chaud. La vie d'une cité tourbillonnait autour de moi. Alors Martinet m'a prise par le bras et écartée brusquement du mur. « Ne touchez pas la pierre noire, nous prévint-il. Elle vous fait pénétrer dans le monde des fantômes. Venez, suivez-moi. » Au loin, nous avons entrevu un flamboiement qui faisait pâlir davantage notre lumière incertaine.

C'était la torche de Rouaud. Il était d'une saleté noire, de la tête aux pieds. Il nous aperçut mais continua de déblayer la boue qui s'accumulait contre la porte à l'aide d'une grossière pelle de bois. L'eau bourbeuse s'écoulait en un flot continu ; une dizaine d'hommes n'auraient pu espérer en venir à bout. Si Olpet n'ouvrait pas bientôt, il serait piégé à l'intérieur, bloqué par la boue qui emplissait le couloir.

J'ai rejoint Rouaud dans la fosse peu profonde qu'il s'acharnait à dégager. Sans me soucier de la boue sur lui, ni du regard de mon amie et de mon fils, je l'ai étreint. Si j'en avais eu le temps, je serais devenue ce que mon mari m'avait accusée d'être. Peut-être, moralement, suis-je déjà une femme infidèle. Peu m'importe à présent. J'ai été fidèle à mes amis.

Notre étreinte fut brève. Le temps pressait. Nous avons appelé Olpet à travers la porte mais il a gardé le silence jusqu'à ce qu'il entende ses petites sœurs pleurer. Alors, il nous a ordonné d'une voix furieuse de nous en aller. Sa mère l'a supplié de sortir, expliquant que la cité s'effondrait et qu'il allait bientôt être bloqué par la boue. Il a rétorqué que là était sa place, qu'il avait toujours vécu ici et qu'il y mourrait. Nous avons crié, supplié tandis que Rouaud raclait le seuil et continuait son labeur d'un air sinistre. Devant l'inutilité de nos prières, les deux hommes ont entrepris d'enfoncer la porte mais le bois solide ne cédait pas aux coups de poing et nous n'avions pas d'outils. Alors Martinet a chuchoté d'une voix sourde qu'il fallait le laisser. Il pleurait. La boue montait inexorablement et nous devions penser aux trois autres enfants.

Éclaire poussa un cri de révolte mais sa voix fut noyée dans un grondement qui se répercuta derrière nous : un effondrement, et de grande ampleur. Le flot fangeux doubla, s'écoulant de deux directions à présent. Martinet leva sa torche. Les extrémités de la galerie étaient avalées par l'obscurité. « Ouvre la porte, Olpet ! le suppliai-je. Nous allons tous périr ici, noyés dans la boue. Laisse-nous entrer, au nom de Sâ ! »

Je ne crois pas qu'il ait écouté mes paroles. Ce fut plutôt la voix de Carlmin, s'exprimant avec autorité dans une langue inconnue, qui provoqua enfin une réaction. On entendit jouer les loquets et le battant s'ouvrit à grand-peine en grinçant. Nous entrâmes en nous bousculant, aveuglés par la lumière. L'eau et la fange allaient nous suivre sur les magnifiques dalles mais les deux hommes refermèrent la porte, non sans que Rouaud ait dû s'agenouiller pour en déblayer le seuil. Mais l'eau bourbeuse continuait de filtrer dessous.

De toutes les salles que j'avais vues, celle-ci était la mieux conservée. Nous demeurâmes éblouis par la richesse de son décor et la brève illusion de sécurité qu'elle offrait, dans toute cette étrangeté. Sur des étagères de bois luisant, des vases exquis, des statuettes en pierre, des sculptures raffinées et des bibelots en argent terni par le temps. Un petit escalier en colimaçon montait pour se perdre hors de vue. Chaque marche était ourlée de lumière. Le contenu de la salle à lui seul aurait pu servir de rançon à notre groupe tout entier pour rentrer dans les bonnes grâces du Gouverneur car les objets étaient à la fois beaux et insolites. Olpet s'est baissé pour rouler un tapis qui risquait d'être atteint par la vase. Il était souple dans ses mains et, sous la poussière soulevée, nous entrevîmes ses vives couleurs. Nous avons gardé quelques instants le silence. Puis Olpet s'est relevé et dressé devant nous, et j'en ai eu le souffle coupé : il portait une robe qui ondoyait et chatoyait au moindre mouvement. Sur son front, il avait noué un bandeau de disques métalliques qui semblaient rougeoyer. Éclaire n'osa pas l'embrasser. Il clignait les yeux comme une chouette et sa mère lui a demandé d'une voix hésitante s'il la reconnaissait.

Il répondit lentement : « Je vous ai vue en rêve autrefois. » Puis, en regardant autour de lui, il ajouta avec inquiétude : « Ou peut-être suis-je entré dans un rêve. C'est si difficile à dire. »

« Il a trop touché le mur noir, grogna Martinet. Le contact réveille les fantômes et vous enlève la raison. Il y a deux jours, j'ai vu un homme, qui était assis dos contre le mur, la tête appuyée à la pierre, sourire, faire des gestes et parler à des gens invisibles. »

Rouaud hocha la tête d'un air lugubre : « Même sans toucher le mur, il faut vraiment toute sa force de volonté pour tenir les fantômes à distance après un moment passé ici dans le noir. » Puis il ajouta à regret : « Il est peut-être trop tard pour ramener Olpet à la raison. Mais on peut essayer. Et nous devons être vigilants, ne pas cesser de nous parler les uns aux autres, et faire sortir les enfants d'ici le plus vite possible. »

Je compris ce qu'il voulait dire. Olpet s'était dirigé vers une tablette dans un coin sur laquelle il y avait un pot et une petite tasse en argent. Tandis que nous l'observions en silence, il versa un liquide imaginaire dans la tasse qu'il fit mine de vider. Il s'essuya la bouche d'un revers de main et grimaça, comme s'il venait d'avaler une liqueur trop forte pour lui.

« Si l'on veut quitter cet endroit, il faut s'en aller maintenant », déclara Rouaud. Il n'eut pas besoin d'ajouter « avant qu'il ne soit trop tard ». Nous le pensions tous.

Mais il était déjà trop tard. L'eau continuait de s'infiltrer sous la porte qui ne céda pas d'un pouce sous la poussée des deux hommes. Éclaire et moi avons uni nos efforts aux leurs sans plus de succès. Alors les lumières se sont mises à vaciller sinistrement.

Le bois de la porte gémissait sous la pression croissante de la boue. Je dois être brève. L'escalier grimpe vers une complète obscurité et les torches que nous avons fabriquées avec ce que nous avons trouvé dans la pièce ne vont pas durer longtemps. Olpet est entré dans une sorte d'hébétude et Carlmin ne vaut pas beaucoup mieux. Il nous répond à peine. Les hommes vont porter les garçons et Éclaire va guider ses deux filles. Je me chargerai des torches. Nous irons aussi loin que possible en espérant découvrir un autre chemin pour revenir à la salle de la femme au dragon.

Jour... je ne sais pas
L'an premier du désert des Pluies

Je date ainsi ce récit car nous n'avons aucune idée du temps qui s'est écoulé. Une éternité, à ce qu'il me paraît. Je tremble mais j'ignore si c'est à cause du froid ou des efforts que je déploie pour rester moi-même. Mon moi d'avant. Mon esprit flotte entre ces distinctions, je pourrais m'y noyer, si je me laissais aller. Pourtant, si cette relation peut être utile à quiconque, je dois me discipliner et remettre de l'ordre dans mes pensées.

Tandis que nous gravissions l'escalier, la lumière dans la pièce rendit l'âme. Martinet a bravement levé la torche qui dans les ténèbres voraces éclairait à peine sa tête et ses épaules. Je n'ai jamais connu de plus absolue noirceur. Martinet a saisi Olpet par le poignet et l'a forcé à le suivre. Derrière eux, Rouaud qui portait Carlmin, puis Éclaire guidant ses fillettes tremblantes. Je fermais la marche, chargée de grossiers flambeaux que nous avions improvisés avec les meubles et les tentures de la salle, ce qui a mis Olpet en rage. Il a attaqué Rouaud et s'est acharné contre lui jusqu'à ce que ce dernier lui décoche un coup de poing en pleine figure. Le gamin a été tout étourdi, sa mère et ses sœurs horrifiées, mais il est devenu docile, sinon coopératif.

L'escalier donnait dans une chambre de service. Sans doute les nobles dans la salle du bas devaient-ils sonner et les serviteurs se précipiter pour satisfaire aux désirs de leurs maîtres. Je remarquai des baquets en bois, qui avaient peut-être fait office de baignoires, et entrevis un établi avant que Martinet nous pressât d'avancer. Il n'y avait qu'une seule issue. Dehors, dans les deux directions, le couloir n'offrait que du noir.

Le crépitement de la torche enflammée semblait presque assourdissant, troublé seulement par le bruit de l'eau qui dégouttait. Je le redoutais, ce silence : à ses confins s'effilaient la musique et les voix des fantômes.

« La flamme brûle régulièrement, dit Éclaire, il n'y a pas de courant d'air. »

Je n'avais pas songé à cela, mais elle avait raison. « Ce qui signifie qu'il y a une porte entre nous et l'extérieur. (Moi-même, je doutais de mes propres paroles.) Une porte qu'on doit découvrir et ouvrir.

— Quelle direction prenons-nous ? » demanda Martinet.

J'avais depuis longtemps perdu tout repère, aussi ai-je gardé le silence.

« Par là, répondit Éclaire. Je crois que c'est le chemin par lequel nous sommes venus. Il se peut qu'on reconnaisse quelque chose, ou que la lumière revienne. »

Je n'avais pas de meilleure suggestion. Ils se sont mis en route, je les ai suivis. Ils se tenaient fermement par la main pour écarter les spectres de la cité. Moi, je n'avais que le faisceau de torches dans les bras. Mes amis devinrent des ombres qui se dessinaient devant moi sur la lueur incertaine du flambeau. Quand je levais les yeux, la clarté m'aveuglait. Quand je les baissais, je voyais les ombres danser autour de mes pieds comme des lutins endiablés. Notre souffle rauque, le frottement de nos pas sur la pierre humide, et le grésillement de la torche furent les seuls bruits que je perçus d'abord. Puis j'ai commencé à distinguer d'autres sons, du moins à ce qu'il me semblait : les gouttes d'eau qui tombaient, inégales et, une fois, un glissement comme si quelque chose s'effondrait au loin.

Et la musique. C'était une musique claire, délayée comme de l'encre diluée, une musique assourdie qui me parvenait par-delà les épaisseurs de la pierre et du temps. J'étais résolue à suivre le conseil des hommes et à l'ignorer. Pour préserver mes propres pensées, je me suis mise à fredonner une vieille berceuse jamaillienne. Quand Éclaire siffla : « Carillon ! », je m'aperçus que ma chanson était devenue la mélodie obsédante de la pierre. Je me tus en me mordant les lèvres.

« Passe-moi une torche. Il vaut mieux en allumer une seconde avant que celle-ci s'éteigne. » À ces mots, je pris conscience que Martinet avait déjà répété deux fois sa demande. Hébétée, je me suis avancée en tendant ma brassée de flambeaux. Les deux qu'il choisit étaient confectionnés avec des écharpes tortillées autour de pieds de table. Ils refusèrent de s'embraser. Quel qu'il fût, le tissu des écharpes était incombustible. La troisième torche était faite d'un coussin grossièrement attaché à un pied de siège. Elle donnait une flamme fuligineuse et dégageait une odeur épouvantable. Mais nous ne pouvions faire les délicats et nous avançâmes lentement en tenant bien haut le coussin ardent et la torche qui diminuait. Quand celle-ci se fut consumée presque jusqu'aux doigts de Martinet, nous n'avions plus pour nous éclairer que le coussin incandescent. L'obscurité se resserrait autour de nous et la puanteur me donnait mal à la tête. Je marchais en peinant, songeant à la manière irritante dont le crin rêche s'était emmêlé entre mes doigts rugueux quand je l'avais bourré pour que le coussin brûle plus longtemps.

Rouaud me secoua brutalement et Carlmin se jeta dans mes bras en reniflant : « Tu devrais porter ton fils un moment », me dit le marin, sans trace de reproche, alors qu'il se baissait pour ramasser les torches que j'avais laissées tomber. Devant nous dans le noir, le reste du groupe n'était qu'ombres dans l'ombre trouée de la tache rouge du flambeau. Je m'étais arrêtée net. Si Rouaud n'avait pas remarqué que je ne suivais plus, je me demande ce qu'il me serait arrivé. Même après notre échange de paroles, j'avais l'impression de m'être dédoublée.

« Merci, dis-je, honteuse.

— Ça va. Simplement, ne reste pas en arrière », répondit-il.

Nous poursuivîmes notre chemin. Le poids écrasant de Carlmin dans mes bras me tenait éveillée. Au bout d'un moment, je l'ai déposé par terre et l'ai fait marcher à côté de moi ; je crois de toute façon que cela valait mieux pour lui. Ayant été une fois leurrée par les fantômes, j'avais décidé d'être plus prudente. Pourtant, des fragments de rêves, des illusions et des voix lointaines flottaient dans ma tête tandis que je marchais, les yeux grands ouverts, dans le noir. Interminablement nous cheminions. La faim et la soif se rappelèrent à nous. L'eau qui ruisselait avait un goût amer mais nous n'en buvions que très parcimonieusement.

« Je hais cette cité », dis-je à Carlmin. Sa petite main dans la mienne devenait glacée à mesure que la cité ensevelie nous dérobait notre chaleur. « Elle est truffée de pièges et de leurres. Les pièces remplies de boue attendent de nous écraser et les fantômes essaient de nous voler notre raison. »

Je parlais aussi bien pour moi-même. Je n'attendais pas de réponse. Mais il prononça lentement : « Elle n'a pas été construite pour être sombre et vide.

— Peut-être pas, mais elle est ainsi aujourd'hui. Et les fantômes de ceux qui l'ont construite essaient de nous voler notre raison. »

J'entendis plus que je ne vis sa grimace. « Des fantômes ? Non, pas des fantômes. Pas des voleurs.

— Ils sont quoi, alors ? » ai-je demandé, surtout pour qu'il continue de parler.

Il ne répondit pas tout de suite. Je tendis l'oreille au bruit de nos pas et de notre souffle.

« C'est personne. C'est leur art. »

L'art me semblait désormais une chose lointaine et inutile. Il m'avait servi, jadis, à justifier mon existence. Aujourd'hui, il m'apparaissait comme un passe-temps d'oisifs derrière lequel je dissimulais l'insignifiance de ma vie quotidienne. Le mot même me faisait presque honte.

« L'art », répéta-t-il. Et les paroles qu'il prononça n'étaient pas celles d'un petit garçon : « L'art, c'est le moyen que nous avons de nous définir et de nous expliquer à nous-mêmes. Ici, nous avons décidé que la vie quotidienne des gens serait l'art de la cité. D'année en année, les tremblements de terre se sont multipliés ainsi que les tempêtes de poussière et de cendres. Nous nous en sommes protégés, nos villes sont closes et souterraines. Pourtant, nous savions que le temps viendrait où nous ne pourrions prévaloir contre la terre elle-même. Certains ont souhaité s'en aller et nous les avons laissés partir. Personne n'a été forcé de rester. Nos cités qui grouillaient de vie se sont réduites à un mince filet de quelques âmes. Pendant un temps, la terre s'est apaisée, elle frissonnait seulement de temps à autre pour nous rappeler que la vie nous était octroyée chaque jour et pouvait nous être reprise à tout moment. Mais nous avons été nombreux à choisir de demeurer là où nous avions vécu pendant des générations. Et d'y périr. Nos vies individuelles, aussi longues fussent-elles, s'achèveraient ici. Mais pas nos cités. Non. Nos cités continueraient à vivre et à se souvenir de nous. À se souvenir de nous... à nous rappeler chez nous, toutes les fois que quelqu'un réveillerait les échos que nous avons mis en réserve ici. Nous sommes tous présents, toutes nos richesses et notre complexité, toutes nos joies et nos peines... » Sa voix s'éteignit et il retomba dans son silence contemplatif. Je me sentis glacée. « Une magie qui rappelle les fantômes à la vie.

— Pas de la magie. L'art. » Il semblait irrité.

Soudain, Rouaud dit sur un ton hésitant : « J'entends sans cesse des voix. Je vous en prie, parlez-moi ! » J'ai posé la main sur son bras. « Je les perçois, moi aussi. Mais on dirait que ce sont des Jamailliens. »

Le cœur battant, notre petit groupe a forcé l'allure dans leur direction. Au carrefour suivant, nous avons tourné à droite et les voix sont devenues plus distinctes. Nous avons crié, ils nous ont répondu. Dans le noir, nous avons entendu leurs pas précipités. Ils bénirent notre torche fumeuse ; les leurs s'étaient consumées. C'étaient quatre jeunes gens et deux femmes de notre compagnie. Affolés comme ils l'étaient, ils s'agrippaient toujours à leur butin. Nous fûmes transportés de joie de les retrouver mais notre soulagement fut bientôt réduit à néant. L'issue vers l'extérieur était bouchée. Ils étaient dans la salle de la femme au dragon quand ils avaient entendu des coups violents provenant des pièces au-dessus. Un terrible craquement suivi du gémissement des poutres qui cédaient. Avec un grincement qui augmentait d'intensité, les lumières de la vaste salle avaient vacillé et une boue liquide avait commencé à dégouliner dans le grand escalier. Ils avaient essayé de s'enfuir mais l'escalier était obstrué par les pans de mur écroulés d'où filtrait la boue.

Une cinquantaine de personnes s'étaient regroupées dans la salle de la femme au dragon, attirées par le bruit sinistre. Tandis que la lumière faiblissait puis s'éteignait, elles avaient fui dans toutes les directions. Même devant ce danger, les gens se méfiaient les uns des autres, ce qui les avait empêchés d'unir leurs forces. J'étais révoltée par eux, et je le leur dis. À ma grande surprise, ils approuvèrent, tout penauds. Durant un moment, nous restâmes là, bras ballants dans le noir, à écouter le grésillement de notre torche qui se consumait, sans décider que faire.

« Vous savez retourner à la salle du dragon ? » demandai-je comme personne ne parlait, en m'efforçant de garder une voix ferme.

Un homme répondit par l'affirmative.

« Alors il faut y aller. Et rassembler le plus de monde possible pour mettre en commun nos connaissances sur ce labyrinthe. C'est notre seul espoir de découvrir une sortie avant que nos torches soient consumées. Sans quoi nous pouvons errer jusqu'à notre mort. »

Ils acquiescèrent dans un silence lugubre. Le jeune homme nous guida. En passant devant des salles pillées, nous avons ramassé tout ce qui pouvait brûler. Bientôt, ceux qui nous avaient rejoints durent abandonner leur butin pour porter du bois. Je croyais qu'ils se sépareraient de nous plutôt que de renoncer à leur trésor mais ils décidèrent de le laisser dans une pièce. Ils firent une marque sur la porte, avec des menaces contre les voleurs éventuels. Je jugeai leur attitude stupide car j'aurais échangé tous les joyaux de la cité pour seulement retrouver la brave lumière du jour. Puis nous poursuivîmes notre chemin.

Enfin nous atteignîmes la salle de la femme au dragon. Nous sûmes que nous étions arrivés en reconnaissant ses échos car notre torche défaillante ne permettait pas de discerner grand-chose. Quelques pauvres diables étaient groupés autour d'un petit feu mourant. Nous avons rajouté du bois pour ranimer les flammes. D'autres vinrent nous rejoindre et nous avons crié pour appeler ceux qui pourraient encore nous entendre. Bientôt, notre petit feu de joie éclaira un cercle de quelque trente personnes, crottées et fatiguées, aux visages apeurés, blafards comme des masques. Beaucoup serraient encore contre eux des ballu-chons et se regardaient d'un œil soupçonneux. C'était presque plus effrayant que la lente progression de la boue qui se répandait depuis l'escalier. Lourde, épaisse, elle s'écoulait inexorablement, et je savais que notre refuge précaire ne nous abriterait pas longtemps.

Nous formions un groupe pitoyable. Certains avaient été des seigneurs et des dames, d'autres des brigands et des prostituées mais, dans cet endroit, nous étions devenus égaux et nous reconnaissions pour ce que nous étions : des gens désespérés, dépendant les uns des autres. Nous nous sommes rassemblés au pied de la statue. Rouaud monta sur la queue du dragon et nous ordonna : « Chut ! Écoutez ! »

Des voix s'éloignaient. Nous entendîmes le crépitement du feu puis les grondements lointains du bois et de la pierre, et les gouttes, et le ruissellement de l'eau fangeuse. C'étaient des bruits terrifiants et je me demandai pourquoi il nous les faisait écouter. Quand il reprit la parole, sa voix me rasséréna en couvrant les craquements menaçants des murs sur le point de céder.

« Ce n'est plus le moment de se soucier de trésor ou de vol. Notre vie, c'est la seule chose que nous pouvons espérer sauver, et à l'unique condition de mettre en commun ce que nous savons pour ne pas perdre du temps à explorer des galeries qui ne mènent nulle part. Sommes-nous d'accord là-dessus ? »

Un silence accueillit ses paroles. Puis un homme barbu, tout noir, déclara : « Mes compagnons et moi nous nous sommes attribué les couloirs à partir de la voûte ouest, nous les avons explorés pendant des jours. Il n'y a pas d'escalier menant à la surface et l'extrémité de la galerie principale s'est effondrée. »

Rouaud ne nous laissa pas nous appesantir sur ces mauvaises nouvelles.

« Bien. Les autres ? » Dans le groupe, on remua, on s'agita. Il reprit sur un ton sévère : « Vous pensez encore au pillage et aux secrets. Renoncez-y ou bien restez ici avec vos trésors. Tout ce que je cherche, c'est un moyen de sortir. Bon, seuls les escaliers qui montent nous intéressent. Est-ce que quelqu'un en a vu un ? »

Finalement, un homme se décida de mauvaise grâce : « Il y en avait deux qui partaient de la voûte est. Mais... eh bien... le mur a cédé quand nous avons ouvert une porte. On ne peut plus y accéder. »

Un silence pesant tomba et la lueur du feu parut faiblir.

Rouaud reprit d'une voix impassible : « Eh bien, voilà qui simplifie les choses. Cela limite les recherches. Il faut former deux grands groupes, chaque groupe se divisera à chaque carrefour. Il faut marquer notre chemin. Pénétrer dans toutes les pièces ouvertes et chercher un escalier qui monte car c'est notre seul moyen de sortir. Jalonnez bien le parcours pour pouvoir retourner sur vos pas et nous retrouver. (Il s'éclaircit la gorge.) Je n'ai pas besoin de vous avertir. Si une porte ne s'ouvre pas, n'insistez pas.

» Nous devons conclure un pacte : quiconque repère une sortie doit prendre le risque de revenir pour guider les autres. Quant à ceux qui restent ici, ils promettent d'entretenir le feu ; ainsi, si vous ne trouvez pas de sortie, vous pouvez regagner cette salle, pour chercher de la lumière et faire une autre tentative. » Il scruta attentivement tous les visages. « À cette fin, chacun laissera ici son butin. Ce qui encouragera celui qui découvre une sortie à retourner en arrière, par intérêt si ce n'est par loyauté. »

Je n'aurais pas osé les mettre ainsi à l'épreuve. Je compris sa manœuvre. Le trésor entassé donnerait espoir à ceux qui resteraient ici pour alimenter le feu et inciterait ceux qui découvriraient une issue à revenir chercher les autres. À ceux qui insistaient pour emporter leur magot, Rouaud dit simplement : « Faites. Mais n'oubliez pas : vous n'aurez aucune aide à attendre de ceux qui sont ici. Si vous revenez, que vous trouviez le feu éteint et les autres partis, n'espérez pas qu'on retournera vous chercher. »

Trois hommes, lourdement chargés, s'écartèrent pour discuter âprement entre eux. D'autres commençaient à arriver par petits groupes dans le pavillon du dragon et on les mit rapidement au courant du pacte. Ils avaient déjà tenté de trouver une issue et acquiescèrent sans se faire prier. Quelqu'un suggéra qu'on pourrait peut-être creuser pour s'échapper. Un silence général accueillit cette proposition : nous songions tous aux innombrables marches que nous avions descendues pour atteindre cet endroit, à la terre et la boue amassées entre nous et l'air libre. Il n'en fut plus question. Quand enfin tous eurent accepté de se soumettre au plan de Rouaud, nous nous comptâmes, nous étions cinquante-deux hommes, femmes et enfants, épuisés, couverts de boue.

Deux groupes se mirent en chemin. Le plus gros de notre provision de bois fut transformé en torches. Avant qu'ils s'en aillent, nous avons prié ensemble mais je doute que Sâ ait pu nous entendre, nous qui étions si loin de Jamaillia, si profond sous la terre. Je suis restée avec mon fils à entretenir le feu. Nous allions chacun notre tour faire des incursions dans les pièces voisines pour rapporter tout ce qui pouvait brûler. Les chercheurs de trésor avaient déjà réduit en cendres tout ce qui était à portée de main mais nous avons découvert du combustible, depuis des tables massives que nous ne pouvions déplacer qu'à huit jusqu'aux débris vermoulus de sièges et aux lambeaux de rideaux.

La plupart des enfants étaient restés près du feu. En plus de mon fils et des enfants d'Éclaire, il y avait quatre autres petits. À tour de rôle, nous leur racontions des histoires ou chantions pour tâcher de les protéger des spectres qui se massaient autour de nous et se rapprochaient à mesure que les flammes baissaient. Nous nourrissions le foyer avec une extrême parcimonie.

En dépit de nos efforts, les enfants se turent l'un après l'autre et glissèrent dans les rêves de la cité ensevelie. Je secouais Carlmin, le pinçais mais je n'avais pas le cœur de le réveiller. En vérité, les fantômes me harcelaient aussi et les vagues conversations dans une langue inconnue ne tardèrent pas à me paraître plus intelligibles que les marmonnements désespérés de mes compagnes. Je m'assoupissais puis me réveillais en sursaut quand le feu mourant me rappelait à mon devoir.

« Peut-être serait-il plus charitable de les laisser rêver jusqu'à ce qu'ils en meurent », dit une femme tandis qu'elle m'aidait à pousser l'extrémité d'une lourde table dans le feu. Elle respira profondément et ajouta : « Peut-être devrions-nous tous aller simplement nous adosser au mur noir. »

L'idée était plus tentante que je ne voulais l'admettre. Éclaire revint bredouille d'une expédition pour aller chercher du bois. « Je crois que nous brûlons davantage en torches que nous ne rapportons de combustible. Je vais rester un peu avec les enfants. Voyez ce que vous pouvez trouver. »

Je pris donc son bout de torche et partis en quête de bois. Quand je regagnai la salle avec ma pauvre récolte, une partie du premier groupe était de retour. Ils avaient épuisé rapidement leurs moyens et leurs flambeaux et avaient fait demi-tour, espérant que les autres avaient eu plus de chance.

Quand un second groupe arriva peu après, je me sentis encore plus découragée. Ils amenaient avec eux dix-sept autres personnes qu'ils avaient croisées errant dans le labyrinthe. Ces dernières étaient les « propriétaires » de cette partie de la cité et nous apprirent que les étages supérieurs s'étaient effondrés. Leur exploration de ces derniers jours avait toujours abouti à l'extérieur et vers le bas. Il fallait plus de torches que nous n'en avions pour poursuivre dans cette direction.

Notre provision de bois diminuait et nous ne dénichions plus grand-chose dans les pièces saccagées pour fabriquer des torches. La faim et la soif tourmentaient déjà nombre d'entre nous. Nous n'allions pas tarder à faire face à une pénurie plus angoissante. Lorsque notre feu s'éteindrait, nous serions plongés dans le noir complet. Quand je venais à y penser, mon cœur se mettait à cogner et je me sentais défaillir. Je me donnais déjà suffisamment de peine pour m'abstraire de « l'art » tenace de la cité. Noyée dans les ténèbres, je savais que je m'y abandonnerais.

Je n'étais pas la seule à en avoir conscience. Tacitement, nous laissâmes le feu baisser sans qu'il s'éteignît tout à fait. La boue qui s'écoulait du grand escalier apportait une humidité glaçante. Les gens se serraient les uns contre les autres, avides de chaleur comme de fraternité. Je redoutais le premier contact de l'eau à ma cheville. Je me demandais ce qui aurait raison de moi : l'obscurité totale ou la fange montante.

Je ne sais combien de temps s'écoula avant que le troisième groupe ne revînt. Ils avaient découvert trois escaliers qui montaient. Tous obstrués. À mesure qu'ils avançaient, la galerie était de plus en plus endommagée. Ils avaient pataugé dans des flaques et perçu une forte odeur de terre. Leurs torches étaient presque consumées, l'eau s'élevait, de plus en plus froide, jusqu'aux genoux, et ils avaient rebroussé chemin. Rouaud et Martinet faisaient partie de ce groupe. Je fus égoïstement heureuse de l'avoir de nouveau à mes côtés, même si cela signifiait que notre espoir se réduisait maintenant au dernier groupe.

Rouaud voulait secouer Carlmin de son hébétude. « À quoi bon ? ai-je dit. Pour qu'il reste les yeux ouverts dans le noir à désespérer ? Laisse-le rêver, Rouaud. Il n'a pas l'air de faire des cauchemars. Si je peux le ramener à la lumière, alors je le réveillerai, j'essaierai de le rappeler à moi. Jusque-là, je le laisse tranquille. » Je m'assis, le bras de Rouaud passé autour de moi, et songeai à Petrus et à l'époux de ma vie jadis. Eh bien, il avait pris pour une fois une sage décision. J'éprouvais à son égard une singulière gratitude pour n'avoir pas permis que je risque la vie de nos deux fils. J'espérais qu'ils atteindraient sains et saufs la côte et finiraient par retrouver Jamaillia. L'un de mes enfants au moins atteindrait peut-être l'âge adulte.

Nous avons attendu ainsi, nos espoirs diminuant avec notre provision de bois. Les hommes durent s'aventurer de plus en plus loin dans le noir en quête de combustible. Enfin, Rouaud éleva la voix : « Soit ils sont encore en train de chercher une issue, soit ils l'ont trouvée et ils ont peur de revenir nous prévenir. Dans tous les cas, on ne gagne rien à rester ici plus longtemps. Allons sur leurs traces tant que nous avons encore de la lumière. Nous découvrirons leur voie de salut ou nous mourrons ensemble. »

Nous avons pris jusqu'au plus petit débris de bois. Les plus sots ont ramassé leur trésor pour l'emporter. Personne ne leur a fait de reproche bien que certains se soient moqués avec aigreur de leur inaltérable cupidité. Sans un mot, Rouaud a pris Carlmin dans ses bras ; j'ai été touchée que mon fils lui soit si précieux. En vérité, affaiblie que j'étais par la faim, je ne sais si j'aurais pu le porter moi-même. Je sais, en revanche, que je ne l'aurais pas laissé ici. Martinet a chargé Olpet sur ses épaules. Le garçon était inerte comme un noyé. Noyé dans l'art, ai-je pensé. Noyé dans les souvenirs de la cité. Piète luttait pour se tenir éveillée. Elle titubait pitoyablement à côté de sa mère. Un jeune homme du nom de Sterren proposa de porter Aimée. Éclaire pleura de gratitude.

Et nous repartîmes péniblement. Nous avions une torche pour nous guider et une autre qui fermait la marche, de façon que personne ne reste en arrière, victime des sortilèges de la cité. Je marchais au milieu du groupe et le noir paraissait me tirer, battre contre moi. Il n'y a pas grand-chose à dire de cette marche interminable. Nous n'avons pas fait de halte car nos torches se consumaient à une rapidité alarmante. Il y avait le noir, l'humidité, le grondement de la faim et de la soif et les compagnons épuisés autour de moi, et un surcroît de ténèbres. Je ne distinguais pas nettement les salles que nous traversions, je ne voyais que la traînée de lumière que nous suivions. Petit à petit, j'abandonnais mon fardeau de bois aux porteurs de flambeaux. La dernière fois que je me suis avancée pour tendre une nouvelle torche, j'ai aperçu les parois luisantes de pierre noire, veinée d'argent, finement ornées de silhouettes d'un métal brillant. Par curiosité, j'ai tendu la main pour les toucher. Je ne m'étais pas rendu compte que Rouaud était près de moi. Il m'a saisi le poignet avant que j'effleure la silhouette. « Non, me prévint-il, j'en ai déjà frôlé une. Elles te sautent à la tête si tu les touches. Non. »

Nous avons suivi les marques laissées par le groupe qui n'était pas revenu. Ils avaient indiqué les voies sans issue et dessiné des flèches sur leur parcours, et nous avons poursuivi notre marche harassante. Alors, à notre grande horreur, nous les avons rattrapés.

Ils étaient massés au milieu du couloir. Leurs torches consumées, ils avaient fait halte, paralysés par l'obscurité totale, incapables de continuer ni de revenir sur leurs pas. Certains avaient perdu connaissance. Les autres poussèrent des cris de joie à notre vue et se groupèrent autour de notre flambeau, comme si la lumière les ramenait à la vie.

« Vous avez repéré une sortie ? » ont-ils demandé, comme s'ils avaient oublié que c'étaient eux les chercheurs. Quand ils ont enfin compris qu'ils avaient été notre dernier espoir, la vie a paru les quitter. « Ce couloir n'a pas de fin, dirent-ils. Nous n'avons pas trouvé un seul endroit qui monte. Les salles dans lesquelles nous sommes entrés sont sans fenêtres. Nous pensons que cette partie de la cité a toujours été souterraine. »

De bien sinistres paroles. Inutile de s'y attarder.

Nous avons donc repris le chemin ensemble. Nous avons rencontré plusieurs intersections et avons choisi une direction presque au hasard. Nous n'avions pas suffisamment de torches pour les explorer toutes. À chaque carrefour, les hommes en tête discutaient et décidaient. Et nous suivions tout en nous demandant chaque fois si nous ne venions pas de commettre une erreur fatale. Étions-nous en train de nous éloigner de la galerie qui nous aurait menés à la lumière et à l'air libre ? Nous avons renoncé à la torche qui éclairait la queue de la procession, les gens derrière nous se sont donné la main. Bientôt, nous n'eûmes plus que trois torches, puis deux. Une femme a poussé des lamentations quand nous avons allumé la dernière, qui brûlait mal ; ou la terreur du noir nous tenait-elle si fort qu'aucune lumière ne nous aurait paru suffisante ? Nous nous sommes massés autour du porteur de torche. Le couloir s'était élargi, le plafond était plus haut. De temps à autre, la clarté du flambeau accrochait une silhouette argentée, ou une veine brillante dans le mur noir et poli, qui me faisait signe en clignotant. Nous avons continué à marcher, désespérés, affamés, assoiffés, épuisés. Nous ne progressions pas vite ; aussi bien, nous ignorions si nous avions une autre destination que la mort.

Les âmes errantes me tiraient à elles. J'étais irrésistiblement tentée d'abandonner ma vie chétive, de m'immerger dans la mémoire de la cité qui m'appelait. Des bribes de musique, un brouhaha de conversations et même, me semblait-il, des bouffées d'odeurs inconnues m'assaillaient, m'attiraient. Eh bien, Jathan ne m'avait-il pas sans cesse mise en garde ? Si je ne m'accrochais pas plus fermement à la vie, mon art me noierait et me dévorerait. Mais c'était si dur de résister ; j'étais ferrée comme un poisson qui a mordu à l'hameçon. Ils savaient qu'ils me tenaient mais ils attendaient les ténèbres pour me ramener à eux.

La torche baissait à chaque pas que nous faisions. Et ce pas était peut-être un pas de plus dans la mauvaise direction. La galerie s'était élargie en une salle immense ; je ne voyais plus les murs luisants mais je les sentais forcer mon attention. Nous passâmes près d'une fontaine muette flanquée de bancs en pierre. Nous cherchions en vain de quoi alimenter notre lumière. Ici, les anciens avaient construit pour l'éternité, en pierre, en métal, en argile réfractaire. Je savais que ces salles étaient dépositaires de tout ce qu'ils avaient été. Ils avaient cru qu'ils vivraient toujours ici, que l'eau des fontaines et les spirales de lumière danseraient toujours à leur contact. Je le savais aussi clairement que je connaissais mon nom. Comme moi, ils avaient eu la sottise de croire qu'ils vivraient éternellement par leur art. Aujourd'hui, c'était la seule part d'eux-mêmes qui leur survivait.

À ce moment, j'ai pris ma décision. Elle m'apparut avec une telle netteté que je ne suis pas sûre qu'elle fût entièrement mienne. Une artiste morte depuis longtemps m'avait-elle rejointe et tirée par la manche, implorant d'être vue et entendue une ultime fois avant que nous nous précipitions dans le noir et le silence qui avaient dévoré sa cité ?

J'ai posé la main sur le bras de Rouaud. « Je vais toucher le mur, maintenant », ai-je simplement déclaré. Je dois dire à sa faveur qu'il a compris immédiatement.

« Tu nous quitterais ? m'a-t-il demandé tristement. Pas seulement moi mais Carlmin ? Tu te noierais dans les rêves et me laisserais seul affronter la mort ? »

Je me hissai sur la pointe des pieds pour embrasser sa joue rugueuse puis je pressai les lèvres sur la tête duveteuse de mon fils. « Je ne me noierai pas, ai-je promis. (Soudain, tout paraissait si simple.) Je sais nager dans ces eaux. J'y ai nagé depuis mon enfance, comme un poisson, je vais remonter le courant jusqu'à leur source. Et vous me suivrez. Tous.

— Carillon, je ne comprends pas. Tu es folle ?

— Non, mais je ne peux pas t'expliquer. Suis-moi, et fais-moi confiance comme je t'ai suivi quand j'ai marché sur la branche. Je vais tâter le chemin, je ne te laisserai pas tomber. »

Alors j'ai fait la chose la plus scandaleuse de ma vie : j'ai pris mes jupes en lambeaux jusqu'aux mollets, les ai déchirées jusqu'à la ceinture, en ne laissant que mes pantalons. J'en ai fait un paquet que j'ai fourré dans les mains d'un Rouaud stupéfié. Autour de nous, les autres avaient interrompu leur lent cheminement dans l'obscurité et observaient mon étrange conduite. « Pour la torche, un peu à chaque fois, afin qu'elle reste allumée. Suis-moi.

— Tu vas marcher à demi nue devant nous ? » a-t-il demandé, horrifié, comme si cela avait encore de l'importance.

Je n'ai pu m'empêcher de sourire. « Tant que mes jupes brûleront, personne ne remarquera la nudité de celle qui s'est déshabillée pour leur donner de la lumière. Et quand elles auront fini de brûler, nous serons tous voilés par l'obscurité. Tout à fait comme l'art de ce peuple. »

Puis je me suis écartée, j'ai pénétré dans les ténèbres avides qui nous entouraient. Je l'ai entendu crier au porteur de torche de s'arrêter, j'ai entendu les autres dire que j'étais devenue folle. Mais j'avais l'impression de m'être plongée dans le fleuve qui toute ma vie m'avait tourmentée. Je me suis spontanément approchée du mur, ouvrant mon cœur et mon esprit à leur art, de sorte qu'à peine avais-je touché la pierre froide, je marchais déjà parmi eux, j'entendais leurs bavardages, les musiciens des rues et les marchandages.

C'était une place de marché. J'effleurai la roche, et tout s'anima en rugissant autour de moi. Soudain, mon esprit perçut de la lumière là où mes yeux clos ne voyaient rien, je sentis le poisson d'eau douce qui cuisait sur des petits grils, je vis les brochettes de fruits dégouttant de miel sur l'étal d'un marchand ambulant. Des lézards glacés fumaient sur un brasero. Des enfants se poursuivaient en me bousculant. Des chalands paradaient dans les rues, vêtus d'étoffes chatoyantes qui ondoyaient à chaque pas. Et quel peuple, ce peuple qui correspond si bien à cette magnifique cité ! Certains auraient pu être jamailliens mais il y en avait d'autres, grands et minces, écailleux comme des poissons ou bronzés comme du métal poli. Leurs yeux brillaient aussi, argentés, dorés, cuivrés. Les gens ordinaires leur cédaient le passage avec joie plutôt qu'avec un froid respect. Des marchands sortaient de leurs échoppes pour leur offrir ce qu'ils avaient de mieux, et des enfants bouche bée risquaient un coup d'œil, de derrière les pantalons de leurs mères, pour voir passer ces personnages royaux. Car je suis certaine qu'ils étaient royaux.

Avec effort, je détournai les yeux et les pensées de ce somptueux spectacle. J'essayai de me rappeler qui j'étais et où je me trouvais. Je ramenai Carlmin et Rouaud à ma conscience. Puis j'ai regardé résolument autour de moi. Là-Haut et Ciel, me suis-je dit. Là-Haut et Ciel, à l'air. Ciel bleu. Arbres.

Effleurant légèrement le mur, j'ai avancé.

L'art est immersion, et l'art véritable est totale immersion. Rouaud avait raison. L'art cherchait à me noyer. Mais Carlmin aussi avait raison. Il n'y avait pas de malveillance, c'était seulement l'engloutissement exigé par l'art. Or j'étais une artiste, et en qualité de praticienne de cette magie, j'étais accoutumée à garder la tête hors de l'eau quand le courant devenait plus fort et plus rapide.

Malgré tout, je ne pouvais que m'accrocher à ces deux mots. Là-Haut et Ciel. Je n'aurais su dire si mes compagnons me suivaient ou s'ils m'avaient abandonnée à ma folie. Non, pas Rouaud. Il marchait certainement derrière moi en portant mon fils. Au bout d'un moment, l'effort que je faisais pour me rappeler leurs noms me parut démesuré. Ces noms, ces êtres n'avaient jamais existé ici, et j'étais citoyenne de cette ville, à présent.

Je traversai à grandes foulées le marché. Autour de moi, des gens achetaient et vendaient des produits exotiques et fascinants. Les couleurs, les bruits, les odeurs même m'incitaient à m'attarder mais je m'accrochais à Là-Haut et Ciel.

Ces gens n'étaient pas attachés au monde extérieur. Ici, ils avaient construit une ruche, en grande partie souterraine, lumineuse et chaude, propre et étanche aux vents, à la tempête et à la pluie. Ils l'avaient peuplée des animaux qu'ils affectionnaient, d'arbres à fleurs, d'oiseaux chanteurs en cage et de petits lézards étincelants attachés à des buissons en pots. Des poissons bondissaient et s'ébattaient dans les fontaines mais pas de chiens qui aboient, pas d'oiseaux qui volent. Aucun élément de désordre n'était toléré. Tout était organisé et maîtrisé, excepté les gens exubérants qui criaient et riaient et sifflaient dans leurs rues bien entretenues.

Là-Haut et Ciel, leur dis-je. Ils ne m'entendaient pas, bien sûr. Leurs conversations bourdonnaient, vaines, autour de moi, et même quand j'ai commencé à les comprendre, leurs bavardages ne me concernaient pas. Que m'importaient la politique d'une reine disparue depuis des siècles, les mariages mondains et les transactions clandestines dont on caquetait bruyamment ? Là-Haut et Ciel, soufflai-je, et lentement, lentement, les souvenirs que je cherchais commencèrent à affluer. Car il y avait des gens ici pour qui l'art était Là-Haut et Ciel. Il y avait une tour, un observatoire qui s'élevait au-dessus des brumes du fleuve, les nuits de brouillard, et là des savants, hommes et femmes, observaient les étoiles, pouvaient prédire leurs effets sur les mortels. Je me concentrai et me « rappelai » bientôt où elle se situait. Que Sâ nous bénisse, elle n'était pas très éloignée de la place du marché.

Je fus arrêtée une fois, car mes yeux avaient beau me dire que le chemin devant moi était bien éclairé et pavé, mes mains tâtonnantes, elles, ne trouvaient qu'un tas de pierres froides et de terre suintante. Un homme a crié à mon oreille et m'a pris les mains. Je me souvins alors vaguement de mon autre vie. Comme ce fut étrange d'ouvrir les yeux dans le noir et de sentir mes mains prisonnières de celles de Rouaud. Autour de moi, dans l'obscurité, j'entendais des gens pleurer et marmonner avec désespoir qu'ils obéissaient à une rêveuse qui les menait à la mort. Je ne voyais rien du tout. Les ténèbres absolues. J'ignorais combien de temps s'était écoulé mais j'ai pris conscience, soudain, de la soif qui faillit m'étouffer. La main de Rouaud était toujours agrippée à la mienne et j'ai su alors que la longue file de mes compagnons m'avait écoutée avec confiance.

J'ai crié d'une voix rauque : « N'abandonnez pas ! Je connais le chemin. C'est vrai. Suivez-moi. »

Plus tard, Rouaud m'a dit que j'avais parlé dans une langue inconnue mais que mon cri enthousiaste avait emporté sa conviction. J'ai fermé les yeux et la cité a repris brusquement vie autour de moi. Un autre chemin, il devait y avoir un autre chemin jusqu'à l'observatoire. Je tournai le dos aux galeries populeuses mais, en passant devant les fontaines jaillissantes, je fus tentée par leur eau. Des souvenirs torturants d'odeurs de nourriture flottaient dans l'air et je sentis mon ventre se contracter. Mais Là-Haut et Ciel étaient mes mots d'ordre et je continuai de marcher tout en m'apercevant que bouger m'était de plus en plus pénible. Ailleurs, en un autre lieu, ma langue était de cuir, mon ventre une boule de douleur dont l'étau se resserrait. Mais ici, je me déplaçais avec la cité, m'y plongeais. Je comprenais à présent les conversations qui fusaient, les fumets de cuisine m'étaient familiers, je connaissais même les paroles des chansons que chantaient les ménestrels au coin des rues. J'étais chez moi, la cité et son art coulaient en moi, j'étais davantage chez moi que je ne l'avais jamais été à Jamaillia.

Je trouvai l'autre escalier qui menait à l'observatoire, un escalier de service emprunté par les domestiques et les nettoyeurs. En haut, des gens simples portaient des lits de repos et des plateaux chargés de verres de vin pour les nobles qui désiraient s'allonger et observer les étoiles. C'était une humble porte en bois. Elle céda sous ma poussée. J'entendis un hoquet étouffé derrière moi puis des exclamations de louanges qui me firent ouvrir les yeux.

La lumière du jour, ténue et faible, descendait sur nous. L'escalier de bois en colimaçon était branlant, mais je décidai qu'il tiendrait. « Là-Haut et Ciel », dis-je à mes compagnons en posant le pied sur la première marche grinçante. Je me rappelai à grand-peine mes mots précieux et à grand-peine je les prononçai. « Là-Haut et Ciel. » Et ils me suivirent.

Alors que nous montions, la lumière est devenue plus vive, et nous avons cligné des yeux comme des taupes dans cette douce pénombre. Quand j'ai enfin atteint la salle du haut dallée de pierre, j'ai souri et mes lèvres sèches se sont fendues.

Les panneaux de verre épais des fenêtres de l'observatoire avaient cédé, et par les fêlures s'étaient faufilées les lianes fureteuses qui privées de jour se tordaient, flétries et décolorées. La lumière à travers les fenêtres était verdâtre, pâteuse, mais c'était la lumière. Les lianes nous ont servi d'échelles vers la liberté. La plupart d'entre nous pleuraient sans larmes en peinant dans la dernière escalade. On nous fit passer les enfants inconscients et les adultes hébétés. Je pris dans mes bras un Carlmin inerte et le tins dans la lumière et l'air frais.

Des fleurs de pluie nous attendaient, comme si Sâ souhaitait nous faire comprendre que nous accomplissions sa volonté en survivant ici, des fleurs en quantité suffisante pour que nous puissions tous nous humecter la bouche et nous ressaisir. Le vent était froid et c'est en riant joyeusement que nous avons frissonné sous sa caresse. Nous nous trouvions au sommet de ce qui fut jadis l'observatoire et j'ai contemplé avec amour un pays que j'avais autrefois connu. Ma belle et large vallée était un marais aujourd'hui mais elle m'appartenait toujours. La tour qui se dressait si haut n'était plus qu'un tertre mais autour de nous les vestiges mousseux d'autres constructions raffermissaient et asséchaient le terrain sous nos pieds. La surface n'était pas immense, moins d'un leffère, et pourtant, après des mois passés dans les marécages, c'était pour nous un magnifique domaine. D'en haut, nous apercevions le fleuve qui charriait lentement ses eaux laiteuses allumées par les rayons obliques du soleil. Mon pays avait changé, certes, mais il était toujours mien.

Tous ceux qui ont quitté la salle du dragon sont sortis sains et saufs. La cité nous a avalés, nous a fait descendre dans ses entrailles, nous a fait siens, puis elle nous a relâchés, changés, dans cet endroit plus clément. Ici, par la vertu de la cité ensevelie, le sol est plus ferme. Il y a à proximité des arbres immenses, vigoureux, dans lesquels nous pouvons construire une nouvelle Grande Plate-Forme. Il y a même de la nourriture ici, en abondance selon les critères du désert des Pluies. Une sorte de plante volubile s'enroule autour des troncs, lourde de fruits pulpeux. Je me rappelle que ces mêmes fruits étaient vendus sur les étals de ma cité. Voilà qui nous sustentera. Pour l'heure, nous avons de quoi pourvoir à nos besoins immédiats. Demain, il sera toujours temps d'aviser au reste.

7ᵉ jour de la Lumière et de l'Air
L'an premier du désert des Pluies

Cela nous a pris six jours entiers pour descendre le long du fleuve jusqu'à notre ancien campement. La lumière et l'air nous ont permis de nous rétablir, bien que les enfants semblent tous plus indifférents qu'auparavant. Et je ne pense pas être la seule à faire des rêves nets de la cité. Je m'en réjouis, désormais. Le pays a beaucoup changé depuis cette époque révolue ; autrefois, le sol était ferme, et le fleuve un long fil d'argent étincelant. La terre était aussi agitée alors et parfois le fleuve roulait des eaux laiteuses et acides. Aujourd'hui, les arbres ont repris prairies et terres arables mais pourtant je reconnais quelques traits caractéristiques du paysage. Je sais aussi quels arbres sont bons pour le bois d'œuvre, quelles feuilles donnent une tisane agréable et stimulante, quels roseaux peuvent être transformés en papier et en étoffe quand on les réduit en pulpe, oh ! tant d'autres choses. Nous survivrons ici. Sans luxe, et la vie ne sera pas facile, mais si nous acceptons ce que nous offre ce pays, il se peut que ce soit suffisant.

Et c'est bien. J'ai retrouvé ma cité dans les arbres presque déserte. Après le désastre qui nous a confinés sous terre, la plupart des gens ici nous ont cru perdus et se sont enfuis. Du trésor qu'ils avaient amassé et accumulé sur la Grande Plate-Forme, ils n'ont emporté qu'une maigre portion. Quelques-uns sont restés dont Martha, son mari et son fils. Elle a pleuré de joie à mon retour.

Quand j'ai exprimé mon indignation devant leur abandon, elle m'a dit, avec sérieux, qu'ils avaient promis de lui envoyer de l'aide et elle était persuadée qu'ils tiendraient leur promesse puisque leur trésor était toujours là.

Quant à moi, j'ai découvert mon propre trésor. Petrus était resté, en fin de compte. Jathan, avec son cœur de pierre, est parti sans son fils quand celui-ci a changé d'avis au dernier moment en déclarant qu'il attendrait le retour de sa mère. Je suis heureuse qu'il n'ait pas espéré en vain.

J'ai été stupéfiée que Martha et son mari soient restés aussi, jusqu'à ce qu'elle me mette dans les bras l'explication : leur enfant est né et, pour lui, ils vont demeurer ici. C'est un petit être vif et agile, mais il est couvert d'écailles, comme un serpent. À Jamaillia, il serait un monstre. Le désert des Pluies est son pays.

Notre pays à tous.

Je crois que j'ai été surprise par les changements qui se sont opérés chez Martha comme elle l'a été par les miens. Autour de son cou et de ses poignets, là où elle avait porté les bijoux de la cité, de petites excroissances ont poussé. Quand elle m'a dévisagée, les yeux écarquillés, j'ai cru qu'elle constatait les transformations intérieures qu'avaient provoquées les souvenirs de la cité. En réalité, c'était la naissance des écailles plumeuses sur mes paupières et autour de mes lèvres qui avaient attiré son œil. Je ne possède pas de miroir, aussi ne puis-je dire si elles se remarquent beaucoup. Et je n'ai que la parole de Rouaud pour croire que celles, écarlates, qui courent le long de mon dos sont plus séduisantes que repoussantes.

Les squames commencent à se voir aussi sur les enfants et, en vérité, je ne trouve pas cela hideux. Presque tous ceux qui sont descendus dans la cité en portent les stigmates, soit un regard hanté, soit le tracé délicat des écailles, ou encore une ligne de chair grêlée le long de la mâchoire. Le désert des Pluies nous a marqués à son chiffre et a fêté notre retour au pays.

Achevé d'imprimer
à Noyelles sous Lens
pour le compte de France Loisirs,
123, bd de Grenelle
75015 PARIS

Imprimé en France
Dépôt légal : mai 2009
N° d'édition : 55971